## Prospectus.

Ces jolis papillons aux ailes diaprées, ces insectes de toutes formes et de toutes couleurs, depuis la Demoiselle vagabonde au vol saccadé jusqu'à la lourde Xylocope au corset noir, toute cette population de l'air, si nombreuse, si bigarrée et si brillante, occupe depuis bien longtemps l'imagination des poëtes et des enfants, — papillons de ce monde, — aussi bien que la minutieuse attention des collectionneurs. Eh bien, malgré toutes nos recherches, et après avoir compulsé un nombre immense d'in-32, cadre préféré de toute poésie appelée fugitive, et plus encore d'in-folios scientifiques, nous n'avons pu découvrir, parmi toutes ces œuvres de savants ou de poëtes révélateurs nés des secrets de la nature, que la comparaison banale du papillon à l'amant volage *qu' voltige de fleur en fleur*. — Et pourtant quelles ravissantes conceptions, quelles délicates fantaisies pouvaient inspirer ces charmants petits êtres, parure animée de nos forêts, de nos prairies et de nos jardins, qui semblent avoir trempé leurs ailes dans les plus riches couleurs dont le soleil teint les productions de la terre ! — Les métamorphoses des peuples de l'air que nous annonçons sortent donc de la route tracée, et les allégoriques et ingénieuses fictions qui les composent n'ont été puisées dans aucune œuvre déjà publiée : elles sont toutes dues à l'esprit si original de l'auteur des *Drôleries végétales*, M. Amédée Varin, ce véritable continuateur de Grandville, qui s'est révélé avec une si grande supériorité l'année dernière, et qui, tout en évitant de copier, puisque les sujets qu'il adopte n'ont pas été traités par le grand artiste, semble néanmoins suivre la même ligne, puisque, de même que Grandville a passé du burlesque (*les Animaux peints par eux mêmes*) au gracieux (*les Fleurs animées et les Étoiles*), M. Varin choisit d'abord la satire (*les Légumes* ou *Drôleries végétales*) pour arriver aux brillants et coquets *Papillons*.

Les Contes et Nouvelles qui accompagnent ces charmantes compositions graphiques sont dus à deux de nos écrivains les plus distingués de la jeune littérature, M. Eug. Nus et Antony Meray, qui ont choisi pour récréation et passetemps la recherche de toutes les analogies naturelles, sérieuses ou futiles ; enfin, la partie scientifique du livre. les lettres sur l'Entomologie, sont écrites par le comte Fœlix, le seul professeur dont les leçons aient été goûtées par les femmes.

———o.:☺ϟ<———

## CONDITIONS DE LA SOUSCRIPTION.

Les Papillons formeront un beau volume grand in-8, de 500 pages, illustré de 20 dessins gravés sur acier et coloriés avec le plus grand soin, divisé en 100 livraisons à 20 centimes.

Nous prévenons que les livraisons ne seront pas toujours égales entre elles ; elles varieront suivant les exigences de l'impression, mais à la fin de la publication les souscripteurs auront toujours le nombre de pages et de dessins annoncés ci-dessus.

Il paraîtra d'une à quatre livraisons par semaine.

*On souscrit à Paris*

Chez G. DE GONET, Éditeur, rue des Beaux-Arts, 6 ;
Et chez MARTINON, Libraire, rue du Coq-Saint-Honoré, 4.

Paris. — E. DE SOYE, imprimeur, rue de Seine, 36.

LES

# PAPILLONS

PARIS. — E. DE SOYE, IMPRIMEUR, RUE DE SEINE, 30.

# LES
# PAPILLONS

## MÉTAMORPHOSES TERRESTRES

## DES PEUPLES DE L'AIR

### PAR AMÉDEE VARIN

TEXTE

PAR EUG. NUS ET ANTONY MÉRAY

TOME PREMIER

PARIS

GABRIEL DE GONET, ÉDITEUR

6, RUE DES BEAUX-ARTS, 6

# LES PAPILLONS

### MÉTAMORPHOSES TERRESTRES

## DES PEUPLES DE L'AIR

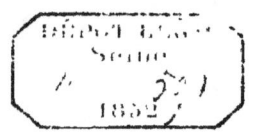

## LA DAME AUX PAPILLONS.

C'était vers la fin du règne de Louis XV, à cette époque à la fois joyeuse et réfléchie, bigarrée, étrange, où toutes les fantaisies graves et poétiques occupaient les cerveaux, où le scepticisme le plus spirituellement moqueur faisait route côte à côte de la crédulité la plus confiante.

Curieux siècle de constrastes que ce XVIII siècle, où la vieille société, vivace encore, imposait victorieusement ses

1

mœurs, ses lois, ses coutumes, son étiquette, tandis qu'em-
brassées théoriquement par des esprits ardents, par des génies
aventureux, les idées nouvelles qui allaient déplacer le centre
de gravité de la vie intellectuelle et matérielle des peuples,
envahissaient déjà jusqu'aux aristocratiques salons des com-
tesses poudrées et des marquis en jabot.

Au milieu des fêtes luxueuses, des intrigues galantes et des
gais propos de ruelles, les penseurs, souvent bizarres et toujours
hardis de cette riche époque, attaquaient les croyances du
passé, sans abandonner pourtant la part des rêves.

On ne croyait plus guère aux saints ni aux diables; mais
on parlait avec ménagement des sylphes, des gnomes, des
génies, des démons familiers de toutes sortes.

Les mystiques coudoyaient les esprits forts; les illuminés
racontaient leurs extases aux sévères fanatiques de la géométrie;
les athées tressaillaient aux paroles magiques et aux fantastiques prestidigitations des Cagliostro, des Pascalis et des Saint-
Martin.

Diderot pâlissait à la vue d'une salière renversée et d'un couvert en croix; les miracles du cimetière Saint-Médard faisaient
diversion aux lazzis de Voltaire sur les miracles de la religion.

Or, par une belle matinée du mois d'octobre 1771, une
chaise de poste roulait sur une route poudreuse de la Provence, entraînée par quatre chevaux au galop, vers la petite
ville de Salon.

Cette chaise de poste contenait deux voyageurs : un homme
de cinquante ans environ, sévèrement vêtu de brun, au regard

profond et rêveur, empreint de cette expression méditative
que donne l'habitude de la pensée; et une vieille dame,
dont on devinait l'âge plutôt qu'on ne le découvrait, tant sa
figure était enfouie dans des flots de mousseline et de dentelles,
qui ne laissaient voir que deux petits yeux gris vifs et perçants.

Ces voyageurs n'étaient pas des touristes ordinaires : l'un
était Cazotte, l'auteur du *Diable amoureux;* l'autre était la
marquise de La Croix, l'initiatrice du poëte dans la mystique
science des illuminés.

Ces deux noms historiques indiquent à nos lecteurs qu'il ne
s'agit plus ici de fantaisies invraisemblables et de contes à
dormir debout, mais que nous allons les entretenir de belles
et bonnes idéalités.

La chaise de poste traversa la ville, et ne s'arrêta qu'au
relais, pour changer de chevaux.

La marquise demanda à l'un des curieux, accourus pour
voir les voyageurs, si l'on était encore loin de la demeure
de la princesse Ginebra.

L'interpellé regarda d'un air bête, sans répondre.

— La bastide de la dame aux papillons? dit une grosse
brune réjouie, fille du maître de poste.

— Précisément...

— A trois petites lieues environ, madame, derrière cette
colline au levant. Vous la verrez du grand chemin, au bout
d'une allée de cyprès, entre deux plantations d'oliviers.

— La dame aux papillons! se dirent entre eux les badauds
de la route, avec un air d'étonnement, presque d'effroi. Quel-

ques-uns se séparèrent, comme s'il se fût agi de Belzébuth en personne.

Et la chaise de poste repartit.

— Quel singulier sobriquet ces gens-là donnent-ils à la princesse Ginebra? dit Cazotte à sa compagne.

— Je vous avais promis de l'extraordinaire, mon ami, répondit la vieille marquise de La Croix; le voilà qui commence.

Sur un regard interrogateur de Cazotte, la marquise poursuivit :

— La femme que nous allons voir est depuis si longtemps retirée du monde, que vous avez besoin d'un petit préambule pour la bien comprendre. Ce qui circule à Paris sur elle est trop banal pour vous suffire.

Cazotte haussa les épaules.

— Allez, dit-il, chère marquise, je suis tout oreilles.

Et Cazotte s'adossa de son mieux contre les coussinets, croisa les mains sur son tricorne, préalablement posé sur ses genoux, et demeura immobile, le regard fixé sur le nuage de dentelles au fond duquel scintillaient les yeux perçants de la marquise, dans l'attitude enfin d'un homme qui se dispose à savourer un récit depuis longtemps attendu.

« — La princesse Ginebra de Moncade, reprit la vieille dame, a eu deux maris. Le premier, don Cipio de Corella qui l'épousa lorsqu'elle atteignait à peine sa vingtième année, avait déjà trop souvent poudré ses jabots avec le contenu de sa boîte d'or, pour être un mari tel que le rêvait la pauvre jeune femme.

« Mais, à notre point de vue surtout, don Cipio avait d'éminentes qualités. C'était le disciple et l'ami de Martinez Pascalis, qui vint renouveler parmi nous les lueurs mourantes de la science cabalistique, et fonder cette illustre école de Lyon dont nous professons, vous et moi, les croyances et les rites. »

A ce nom vénéré du maître, qui lui promettait des révélations plus curieuses encore que celles qu'il attendait, Cazotte redoubla d'attention.

« — Le comte Cipio, poursuivit la marquise, avait appris de ce savant philosophe la science de la contemplation et du ferme vouloir, et il s'était élevé par là à la notion parfaite de l'essence universelle et à la domination des *esprits*.

« Souvent, en présence de Ginebra, il conjurait des êtres invisibles, conversait avec eux, leur donnait des ordres; et celle-ci remarquait, avec terreur d'abord, puis simplement avec surprise, que chacun de ses ordres était obéi.

« Le génie Caldéron, qui chargeait et allumait la pipe de Soberano, au premier commandement, n'obéissait pas plus promptement à l'officier napolitain que les esprits interpellés par le comte Cipio ne s'empressaient d'exécuter ses moindres caprices.

« Ginebra s'enhardit à la longue avec les mystères de la cabale, au point de demander un jour au comte, son mari, de lui montrer l'un de ses invisibles serviteurs sous une forme palpable.

« Celui-ci y consentit, en lui laissant le choix de la forme sous laquelle elle voulait voir son désir accompli.

« A vingt ans, Ginebra avait déjà une passion folle pour
les papillons. Selon elle, si les sylphes eussent été priés ou
forcés de prendre un corps, c'était bien la forme gracieuse et
légère de ces jolis habitants de l'air qu'ils eussent préférée.
Elle choisit donc les ailes de gaze et le corps fluet de l'un
de ses favoris.

« A peine eût-elle formé ce vœu, qu'un beau *Vulcain* aux
ailes de feu apparut voltigeant dans la chambre, et, sur un
ordre du comte, vint se poser sur le doigt rose et un peu
tremblant de la jeune femme.

« Elle recommença souvent cette épreuve, à l'aide de la
science et de la volonté de son mari, et finit par concevoir
un goût désordonné pour ces apparitions qui donnaient une
âme et une vie surnaturelle, fantastique, à ces êtres innocents
dont la chasse et l'étude avaient charmé ses jeunes années.

« Le comte l'encouragea dans cette étrange passion qui la
détournait de préoccupations et de désirs plus dangereux
pour son repos, et l'initia peu à peu à quelques secrets
de la *cabale*. Mais la mort vint arrêter ces intéressantes
leçons.

« Ginebra pleura le maître plus que le mari ; mais, comme
nulle douleur n'est éternelle, surtout quand on a vingt-quatre
ans, et qu'on n'a pas encore aimé, elle prit le sage parti de
se consoler, en se remariant.

« Cette fois, le mari eut l'attrait d'un amant. Il était de
son choix, jeune et beau.

« Je ne vous parle de celui-ci, le prince Olivarez de Moncade y Léon, que pour mémoire; car le bonheur de Ginebra fut de courte durée.

« C'était un homme à bonnes fortunes, un coureur d'aventures qui se lassa aussi vite de sa femme que d'une maîtresse, et disparut complétement la seconde année de ses noces, sans qu'on pût jamais apprendre de ses nouvelles.

« Ginebra n'eut pas même la consolation de pouvoir se dire veuve, et d'agir en conséquence.

« Bientôt d'étranges soupçons lui vinrent à l'esprit. Ces idées bizarres, extravagantes aux yeux du vulgaire, provenaient-elles d'un dérangement d'esprit causé par le désespoir, comme l'affirmaient presque tous ses amis, ou étaient-elles le résultat d'une faculté supérieure développée par l'étude des sciences occultes?... »

— N'en doutez pas, marquise, interrompit Cazotte. Votre Ginebra est évidemment un être merveilleusement doué; mais, vous le savez, pour le vulgaire ignorant, tout ce qui sort du cercle des faits palpables, toute recherche de l'idéal, tout don de seconde vue, ne sont autre chose qu'une hallucination de l'esprit, qu'une maladie du cerveau.

« — Elle s'imagina, poursuivit la marquise, que, dans la disparition de son second mari, il y avait du fait du comte Cipio. »

— Je l'ai déjà pressenti, s'écria Cazotte.

« — Elle ne doutait pas, reprit madame de La Croix, que l'ami de Martinez Pascalis ne fût intervenu en cette occasion.

Ou le défunt comte, jaloux du second mariage de Ginebra, avait voulu punir son oublieuse épouse, ou bien cédant à un sentiment plus noble, il avait voulu venger la jeune femme des infidélités d'Olivarez... C'est ce qu'elle ne pouvait clairement déterminer; mais elle soutenait avoir souvent rencontré, le soir, le volage prince de Moncade y Léon, avec des ailes, et sous la forme d'un papillon. »

— C'est merveilleux, fit Cazotte rêvant.

La marquise poursuivit en ces termes :

« — Après sa seconde mésaventure, la princesse ne tarda pas à se retirer tout à fait du monde, malgré sa beauté admirable encore. Elle vint habiter le lieu où nous l'allons retrouver.

« Les quelques personnes qui la visitèrent depuis lui firent la réputation que vous savez. On la dit folle et sujette à d'extravagantes hallucinations.

« Le vrai de cette affaire est que la princesse prétend avoir le don de séparer l'esprit du corps, et de voir s'agiter la folle du logis, l'imagination capricieuse des gens qui vivent ou ont vécu autour d'elle.

« Elle voit, dit-elle, naître les ailes du désir, les volontés du changement, les versatilités des goûts; en un mot, elle assiste, comme à un spectacle, à tous les mouvements de l'esprit; et faisant une alliance originale des idées du comte Cipio et de ses goûts de jeune fille, elle prétend que toutes les passions des hommes lui apparaissent sous la forme capricieuse des papillons. Il en résulte, comme vous le verrez, des satires pleines d'étrangeté sur la mobilité de l'âme, et des confidences qui font rire et quelquefois pleurer. »

Après avoir achevé cet étrange récit, la marquise regarda Cazotte, qui bâtissait déjà sur ce thème extraordinaire des ballades fantastiques et des romans sans possibilité.

Trop enfoncé dans ses rêveries, il cessa de questionner sa compagne. Le moment approchait, d'ailleurs, où il allait juger par lui-même la princesse Ginebra.

La chaise de poste entrait dans l'avenue de cyprès, au bout de laquelle s'élevait sombre et silencieux, entre de pâles massifs d'oliviers, le manoir habité par la dame aux papillons.

Le postillon sonna à la grille. Un vieux concierge, vêtu d'un costume jaune à bandes brunes qui le faisait ressembler à l'*Argus* des prés, vint s'enquérir du nom des visiteurs.

Quelques moments après, Cazotte et la marquise de La Croix étaient en présence de la princesse, qui les reçut avec une grâce infinie et beaucoup d'affabilité.

C'était une femme d'une soixantaine d'années, grande de taille, maigre sans sécheresse, aux mains parfaites, dont les doigts disparaissaient presque sous les pierres précieuses.

Elle aimait le soleil, les couleurs vives, les matières brillantes, la nacre et les dorures, tout ce qui faisait si vivement resplendir ses sylphes favoris.

Une physionomie gracieuse et animée sur une figure sans rides, malgré son âge, attirait la sympathie. Ses yeux peau d'orange, encore pleins de feu, et dont elle élevait souvent le regard au zénith, même dans les moments où elle prenait une

3

part un peu vive à la conversation, indiquait chez elle une
habitude d'extase qu'on n'eût pas soupçonnée au premier
abord.

Nous ne raconterons pas ce qui se passa dans les premières
heures de l'arrivée. La princesse s'occupa de ses hôtes avec le
tact exquis et les délicates prévenances d'une châtelaine accom-
plie.

Rien dans la conversation ni dans les manières ne révéla à
ses visiteurs la moindre excentricité d'esprit ; elle était naturellement très-simple, et le bourgeois qui l'aurait vue en temps
ordinaire eût trouvé Ginebra pleine de raison et même de sens
commun.

Le dîner se passa dans des causeries toutes réelles ; on parla
de la cour et de la ville, de Paris et de la province, des délices
de Versailles, des mystères du Parc-aux-Cerfs, des intrigues de
cour, des cabales de M. de Choiseul, des caprices de madame
Dubarry, comme eussent fait les plus vulgaires gentilshommes.
La princesse entretint même ses hôtes des embellissements
qu'elle projetait pour sa terre et de ses plantations d'oliviers.

Cazotte commençait à être singulièrement désappointé, et
écoutait avec impatience ces détails de propriétaire campagnard ; la marquise riait sous cape en le regardant.

Son espoir et sa bonne humeur se réveillèrent en examinant
le salon où la princesse les introduisit après le repas.

C'était une grande pièce ovale, tendue de tapisseries bleues
sur un fond orange orné de moulure d'argent. Cazotte se mit à
examiner curieusement les tableaux et les portraits qui garnis-

saient les murs ; il ne voyait partout que des cadres remplis de ces brillants insectes si chers à la veuve du comte Cipio.

Il y en avait de piqués tout bonnement avec des épingles d'or ; d'autres étaient peints par Ginebra elle-même avec une finesse d'exécution merveilleuse. Le poëte remarqua que plusieurs avaient des têtes et des corps humains.

— Ce n'est pas là une collection ordinaire, dit la princesse qui suivait l'occupation de son hôte ; vous voyez là bien des sphynx, bien des argus, bien des bombix, bien des phalènes dont les ailes auraient causé de grands malheurs, si je n'avais pris soin de les fixer.

— Enfin nous y voilà, pensa Cazotte.

Et il tressaillit de joie ; le rêveur éveillé, le mystique inventeur de choses sans nom voyait le monde féerique s'ouvrir devant lui à la voix de la noble magicienne.

En ce moment, il était en contemplation devant un grand jeune homme peint assis sur un roc, comme fatigué d'un long voyage, et déployant au vent les ailes d'un grand paon de nuit.

— Ce jeune homme, dit Ginebra, est mon second mari.

— Votre second mari ! s'écria Cazotte.

La marquise de Ia Croix fit un signe au poëte ; ce signe signifiait : « Taisez-vous ! »

Cazotte comprit qu'il était imprudent pour la satisfaction de sa curiosité d'interrompre la princesse dans ses miraculeuses confidences. Il se le tint pour dit et résolut d'éviter à l'avenir jusqu'à la moindre observation, même pour les choses qui mettraient son intelligence en défaut.

Ginebra poursuivit :

— Vous le voyez tel qu'il m'est apparu la dernière fois qu'il m'a été permis de le voir : c'est le prince Olivarez de Moncade y Léon. Je n'ai pas encore pu fixer ses ailes ; car un pouvoir supérieur au mien... — Ici, la princesse poussa un soupir, probablement au souvenir de son mari et professeur le comte Cipio, — ...Le condamne encore pour longtemps à cette vie errante et vagabonde ; depuis plus de trente ans il voyage. Sa famille le croit mort ; mais je sais bien, moi, qu'il court le monde. Sa disparition est toute une histoire ; et si je pensais qu'elle dût avoir quelque intérêt pour vous, je m'offrirais à vous la raconter.

— Oh ! dit Cazotte, je vous écoute, madame, et avec bonheur, croyez-le bien.

— Quand on est vieille, continua en souriant la dame aux papillons, c'est absolument comme lorsqu'on revient d'un grand voyage ; on a beaucoup vu et l'on a beaucoup à raconter. Si donc vous aimez les vieux souvenirs, qui sont un peu les vôtres à vous-même, ma chère marquise, dit-elle à la compagne de route du poëte, j'ai dans ces cadres tout ce qu'il faut pour vous faire passer agréablement la quinzaine que vous avez bien voulu perdre chez moi.

— Commencez tout de suite, madame, dit Cazotte ; car la marquise et moi nous brûlons de connaître l'histoire du prince de Moncade.

— Écoutez donc, dit Ginebra :

« Je ne vous demanderai pas à vous, marquise, qui êtes initiée à tous les augustes mystères des illuminés, si vous avez

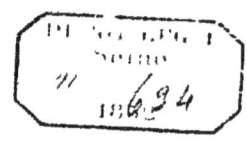

entendu parler du pouvoir de commander aux esprits, de cette faculté merveilleuse, découverte par les hommes supérieurs, d'évoquer les forces secrètes de la nature, et de les dompter au profit de l'humanité. Vous savez encore à quel point la volonté forte du comte Cipio avait poussé cette puissance de domination.

« Ce noble vieillard avait pour moi l'attachement le plus grand, et mettait souvent au service de ma fantaisie les êtres mystérieux qu'il s'était assujettis. Je passais en revue, avec son aide, les génies qui veillent sur les jours de chacun de nous, associés à notre existence, et souvent j'appris d'eux le sort d'amis lointains, ou l'issue future d'événements qui intéressaient des amis présents.

« Dans ces expériences féeriques, j'avais le choix de la forme générale ; mais je m'astreignis à ne désirer la réalisation de mes visions que sous la livrée riche, propre, élégante et variée des papillons. Mes nerfs s'accommodaient bien de l'exiguité et de l'innocente apparence de cette forme : tout autre m'eût donné des scrupules et surtout de l'effroi. J'épuisais donc ainsi toutes les formes de ces fleurs ailées, qui sont, pour ainsi dire, les moitiés des fleurs immobiles que nous aimons tant à respirer.

« Entre toutes ces apparitions, une surtout me frappa et m'est restée profondément gravée dans la mémoire, d'autant mieux que j'y avais assisté sans l'avoir désiré et en l'absence du comte Cipio.

« C'était pendant une de ces nuits tièdes du printemps

4

qui annoncent les chaleurs de l'été ; mon mari couvait déjà la
maladie qui devait l'emporter, et j'avais reçu de lui une lettre
datée de Lyon, dans laquelle il me parlait gaiement de sa fin
prochaine.

« L'enveloppe terrestre de son âme, disait-il, avait trop servi
et devenait d'un usage tous les jours plus difficile ; il aspirait
à reprendre une forme moins lourde, mieux assouplie, plus
agréable à présenter et plus rapide à faire mouvoir.

« Dans cette épître affectueuse, il répétait une plaisanterie
qu'il m'adressait de temps en temps autrefois avec une gravité
douce :

« — Lorsque ma métamorphose aura lieu, ma Ginebra, lorsque
je ne serai plus là à veiller sur toi avec les yeux de mon corps
terrestre, songe bien à te méfier des ailes vagabondes des papillons. »

« Les diverses pensées que faisaient naître en moi la lecture
de cette lettre m'empêchèrent de fermer l'œil. Je me levai
donc, et comme la lune brillait de tout son éclat sur les lilas
du jardin, je pris une robe de chambre ouatée et j'allai respirer
l'air de la nuit.

« Je suivais machinalement une allée aboutissant à un petit
pavillon en ruines, abandonné depuis quelques années aux
rejetons des ronces et des framboisiers, quand, à mon grand
étonnement, je le vis éclairé. Ce n'était pas un reflet de la lune,
car il se trouvait dans l'ombre d'un massif ; d'ailleurs, la
lumière étrange, verte et phosphorescente, que j'apercevais,
était dans l'intérieur et ne rayonnait pas au dehors.

« Arrivée sur le seuil déchaussé par les plantes parasites, je
vis distinctement une luciole dont le foyer lumineux éclairait
un personnage étrange, qui se balançait suspendu aux parois
du mur par les mailles d'un hamac de soie brune. La luciole
semblait heureuse de flamboyer pour son compagnon, qui
l'appelait « aurore de ma vie ! flambeau de ma jeunesse ! »

— « Toi seule, lui disait-il, guideras mes premiers pas dans
la vie.

« Et la pauvrette redoublait d'éclat et de feux pour mériter
ces tendres encouragements. Peu à peu, cependant, le flatteur
se dressa sur son lit suspendu ; il secoua ses membres, peigna
sa tête d'un air coquet et déplissa une paire d'ailes brunes
comme l'enveloppe d'où elles sortaient. Puis je le vis prendre
son vol ; il tourna quelque temps avec complaisance autour du
phare de la luciole, enivrée de sa beauté nouvelle. Enfin, après
cinq minutes de ce manège, il regarda la clarté argentée qui
brillait en dehors et s'élança dans l'espace avec un frémisse-
ment de joie railleur et de toute la puissance de ses ailes, laissant la pauvre luciole si désolée que son éclat s'éteignit à
l'instant.

« Pour un œil vulgaire, ce que je venais de voir était tout
bonnement un grand paon de nuit échappé de la chrysalide ;
pour moi, c'était une vision divinatoire, et la suite me prouva
que j'avais deviné juste. »

Avant de laisser la princesse expliquer à ses hôtes comment
fut réalisée pour elle cette singulière allégorie vivante, nous
devons à nos lecteurs un avis destiné à leur servir de fil

d'Ariane pour les guider dans le labyrinthe d'aventures extraordinaires où vont les conduire les causeries entamées dans la villa de la princesse.

Nous nous trouvons avec Cazotte et la marquise de La Croix dans un musée symbolique créé par les soins de la veuve de don Cipio de Corella, et composé, comme vous savez, des dépouilles des plus frêles habitants de l'air et des portraits de créatures humaines, peints en buste ou en pied, avec le vêtement brillant et les ailes des papillons.

Chacune de ces jolies curiosités représente au souvenir extatique de la châtelaine, une histoire véritable, une mêlée de héros humains menée joyeusement ou tristement à fin, à l'aide de ses conseils, de ses ciseaux ou de ses aiguilles d'or. Or, suivant le désir de Cazotte ou de la marquise, l'aimable narratrice décrochera tel ou tel souvenir de sa muraille, entamera le récit de l'aventure que rappelle à son esprit une paire d'ailes, une momie de bombyx ou un pastel, choisis dans les raretés de sa collection.

— J'ai dans ces cadres, a-t-elle dit, tout ce qu'il faut pour vous faire passer agréablement la quinzaine que vous avez bien voulu perdre chez moi.

Voulez-vous, avec les hôtes de Ginebra, passer agréablement une quinzaine à la villa aux Papillons? Asseyez-vous et écoutez.

# FÉLONIE

### D'UN GRAND

# PAON DE NUIT

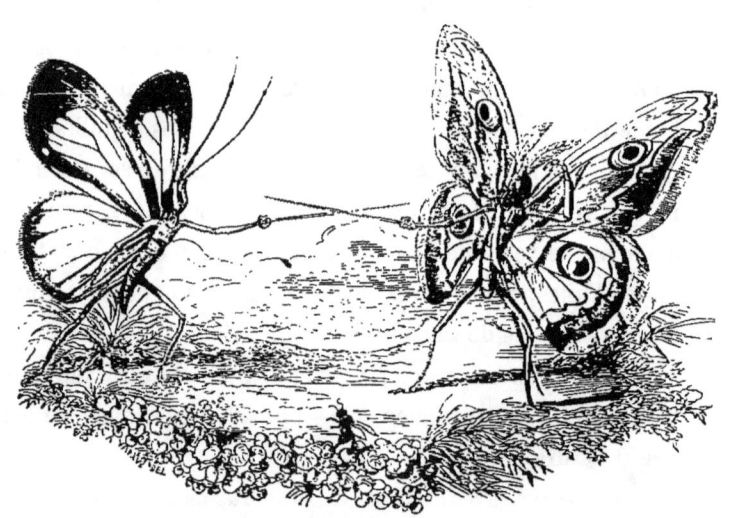

*Therim Elathen. — Grand Paon de nuit.*

Il eut le malheur de tuer le frère de la belle Créole
à la suite d'une querelle suscitée par la jalousie.

# FÉLONIE

## D'UN GRAND

# PAON DE NUIT

*Therias Elathea. — Grand Paon de nuit.*

Il eut le malheur de tuer le frère de la belle Créole
à la suite d'une querelle suscitée par la jalousie.

# FÉLONIE

# PAON DE NUIT

La princesse Ginebra de Moncade y Léon jeta un coup d'œil
plein de mélancolie sur le portrait aux larges ailes brunes qui
représentait son second mari. Puis s'adressant à la mystique
marquise de La Croix et à Cazotte qui se faisait tout oreilles
pour l'écouter :

— Voilà, dit-elle, l'amant volage qui devait me donner
bientôt le mot de l'apparition prophétique dont je viens de
vous faire le récit. La pauvre luciole avait été aban-
donnée par le grand-paon de nuit dont elle venait d'éclairer
la métamorphose; le prince Olivarez ne fit pas un meilleur
usage de ces ailes dont mon amour lui avait rendu l'usage.
Mais avant de commencer l'histoire de mon second
mariage, il faut que je vous montre à son tour le portrait

5

du vénérable comte Cipio de Corella, mon premier mari.

Disant cela, Ginebra mit sous les yeux de ses hôtes le couvercle de la boîte d'or où elle puisait sa poudre d'Espagne. Peinte sur le métal même et protégée par une lame de cristal, une miniature d'un travail exquis y représentait le comte Cipio en buste. Son type espagnol un peu dur, sa face brune, ses traits trop fortement arrêtés étaient éclairés et adoucis par la gracieuse bienveillance des plis de la bouche et la rare intelligence du regard.

Sa main droite tenait à demi-ouvert un rouleau de papyrus, sorte de manuscrit antique, sur lequel on lisait : *OEdipus Ægyptiacus.* Sur l'index de sa main gauche était posé, les ailes étendues, un beau papillon de l'espèce vulcain.

— Voyez, reprit Ginebra, quelle puissance de volonté, quelle admirable pénétration étaient renfermées dans ce cerveau! Comme on devine dans cette noble figure un esprit habitué à dominer la création! Le manuscrit qu'il tient dans sa main droite est une page inappréciable des mystères de l'antique Égypte retrouvée sous les bandelettes qui entouraient la momie d'un grand-prêtre du vieux Nil. Le vulcain aux ailes déployées placé sur son doigt est le *Génie assistant* dont sa volition ferme lui avait fait un serviteur dévoué. C'est Zitto, son démon familier, avec la forme dont le comte le revêtit pour me le faire voir la première fois sans m'effrayer.

Après avoir longtemps considéré la précieuse peinture, le vénérable trio se parfuma amplement de l'odorant narcotique qu'elle recouvrait ; puis la narratrice reprit son récit où elle en était restée.

« — Quelques mois après la lettre où il m'annonçait sa fin prochaine, en m'avertissant de me défier des papillons, la grande âme de mon premier époux quitta en effet son enveloppe terrestre. Il m'avait jugée trop enfant pour m'initier complétement au secret de sa puissance ; mais je gardai de mon intimité de quelques années avec ce grand esprit la faculté de pénétrer les désirs et les passions de ceux qui m'entourent, d'en deviner le but et l'issue plus ou moins heureuse.

« J'acquis le pouvoir d'évoquer sous la forme de papillons, dont la couleur, le dessin et les allures m'étaient des indications certaines, ces désirs et ces passions, et de les fixer à ma fantaisie, comme ceux que vous voyez dans ces cadres, lorsque je prévoyais qu'elles devaient avoir des conséquences fâcheuses ; avec la seule condition d'y mettre de la prudence, du mystère, et d'arriver à temps. Malheureusement, vous allez le voir, ce secret devait m'être inutile pour ma propre expérience.

« Le corps de mon mari fut transporté en Andalousie, dans le tombeau de ses ancêtres, et je passai la première année de mon veuvage dans le couvent des dames nobles de Séville.

« Un soir, j'allai prier à la chapelle de la Vierge, seule, afin d'y méditer à mon aise, selon ma coutume. Contre le mur de droite se tenait un pieux personnage que je pris pour un Père Franciscain, car il portait l'habit en bure brune de l'ordre de saint François, et le couvent était sous la direction de ces révérends Pères. Cependant sa présence, si naturelle qu'elle fût, m'empêcha de me livrer à mes méditations ordinaires.

« La lampe pâle de la voûte qui éclairait cette cape sombre me rappela, malgré moi, la scène où la luciole avait prêté sa lumière à la transformation de la brune chrysalide de mon jardin de Provence. Je ne pouvais m'empêcher de regarder le moine à la dérobée, m'attendant presque à lui voir pousser des ailes. Le saint homme n'était pas, du reste, tellement plongé dans l'oraison, qu'il ne s'aperçût bien de l'attention dont il était l'objet. Il abaissa son capuchon et releva à mes yeux étonnés une tête jeune et pleine d'expression.

« Pour le coup, la métamorphose allait s'opérer, je n'en doutai pas. En effet, le jeune moine, s'approchant de moi, me dit d'une voix douce et pénétrée :

« — Dona Ginebra, le temps s'avance où vous allez quitter cette sainte maison pour rentrer dans le monde ; eh bien, avant de partir, sachez-le, vous avez ranimé un cœur qui, bien jeune encore, avait renoncé pour jamais à l'amour. »

« J'étais muette d'étonnement ; cette douce voix et ce visage imberbe n'annonçaient guère plus de vingt ans. A l'âge où il devait être tout au plus novice, comment ce jeune homme était-il revêtu de l'habit de l'ordre ? comment savait-il si bien mon nom ? Quel motif l'amenait dans ce couvent ? Il continua ainsi :

« — L'habit que je porte vous fait douter de mon langage ; je l'ai revêtu par une permission toute spéciale que l'on n'accorde qu'aux moribonds ou aux personnages de mon rang. A la suite d'un désespoir d'amour, je suis venu me plonger dans la retraite, avec l'intention de la rendre plus tard éternelle par un serment. Ne craignez donc rien, dona Ginebra, je ne suis pas sacrilége en vous disant que vous avez été pour moi une nouvelle aurore; heureusement je suis libre encore, et si je fais un serment, ce ne sera plus qu'un serment d'amour. »

« J'étais vivement émue; je tremblais de tous mes membres, et je ne saurais dire s'il n'entrait pas là un peu d'effroi. Que dire et que répondre? Me fàcher, mais je n'étais pas irritée contre lui; le questionner, lui demander ses titres, son àge et son nom, m'enquérir comment il avait appris le mien et où il m'avait vu pour la première fois; je ne l'osai pas. Je me levai machinalement et sortis de la chapelle. Sur le seuil de l'église, je regardai si je n'étais pas suivie; je ne vis que son regard attaché à mes pas.

« Le soir du lendemain, ni les jours suivants, je n'osai descendre à la chapelle, malgré ma curiosité, ni questionner personne de peur de nuire à l'imprudent. Une semaine se passa ainsi, et je commençai à douter de mon aventure. Les préparatifs de ma rentrée dans le monde m'étaient d'ailleurs une espèce de distraction.

« Un matin cependant on vint me prévenir que le prince Olivarez de Moncade y Léon me demandait au parloir. Je n'avais jamais entendu prononcer ce nom. Je donne un coup d'œil au miroir qui me servait de glace, le cœur inquiet comme à l'annonce d'un visage nouveau, et je descends.

« Jugez de ma surprise, le prince Olivarez, c'était le jeune franciscain de la chapelle! mais cette fois paré, brillant et

6

changé en point que je n'eusse jamais reconnu en lui le personnage au froc fauve, si je n'avais pas songé à lui si souvent.

« Ce nouvel aspect me fit oublier un instant l'apparition du grand-paon et l'abandon de la luciole ; j'allais devenir luciole moi-même, car je sentis en le voyant que j'aimais pour la première fois. Qui aurait pu, en effet, même en n'ayant pas le cœur prévenu en sa faveur, qui aurait pu reconnaître dans ce gracieux prince la fragilité d'âme et les penchants volages d'un papillon de nuit !

« Il m'embrassait les mains, que je lui avais abandonnées ; il me faisait, avec la fougue des passions espagnoles et dans toute la pompe et l'emphase de notre beau langage, des serments d'amour qui me troublaient profondément. — Il dessècherait, disait-il, comme une tige d'herbe verte au soleil d'août, si je ne cédais à son impatience, si je ne consentais à fixer le jour de notre union au gré de ses désirs.

« Il fut si pressant, se montra d'une ardeur si vraie, si entraînante, que je ne doutais pas de sa loyauté ; en effet, ce qu'il exprimait si vivement, il l'éprouvait avec la même vivacité.

« Personne ne pouvait d'ailleurs s'en assurer mieux que moi-même, puisque les désirs et les passions vraies se manifestaient à moi sous la forme que vous savez. Son éloquence brûlante me transportait, et m'enlevait tout le calme nécessaire pour délibérer sagement sur le parti à prendre; j'allais céder, lorsque ma faculté singulière d'intuition me fit apercevoir les ailes de mon jeune amant, que le délire amoureux faisait battre et palpiter.

« Cette vue, qui me rassurait sur la sincérité du prince,
me rappela cependant la recommandation habituelle du
comte Cipio ; il me sembla entendre retentir à mon oreille
sa voix douce et grave m'adressant une dernière fois ces
paroles :

« — Lorsque ma métamorphose aura lieu, ma Ginebra,
lorsque je ne serai plus là à veiller sur toi avec les yeux
de mon corps terrestre, songe à te méfier des ailes vagabondes
des papillons. »

« A ce souvenir, je repris un peu de sang-froid. Je me
rappelai le pouvoir de mes aiguilles d'or et de mes ciseaux,
et m'assurai que j'étais munie de mes armes. Puis, prenant
un ton presque moqueur, je dis à don Olivarez, ainsi affolé
à mes genoux :

« — Cher prince, vos paroles sont pleines de douces promesses, votre cœur est plein de beaux désirs, vous m'aimez,
je le vois, et vos protestations ne mentent pas. Cependant
ces protestations d'amour ne changeront-elles jamais d'objet?

« Il voulut protester ; je lui mis un doigt sur la bouche,
et je continuai :

« — Ces ailes du désir qui vous ont conduit aujourd'hui
auprès de moi ne s'égareront-elles pas demain, avec toute
la fantaisie de leurs rapides battements, sur quelques lèvres
plus fraîches, sur quelques mains plus blanches, sur quelques
joues plus roses?

« Ici nouvel essai de protestations, nouvelle intervention
de mon doigt sur cette bouche trop prompte.

« — Oh! ne jurez pas! La vie est longue, et nous sommes jeunes. Et puis, mon cher prince, que faisiez-vous, dites-moi, dans le couvent où nous nous vîmes pour la première fois? Vous faisiez pénitence, oui, pénitence d'avoir une fois déjà abusé de vos ailes, d'avoir déjà été infidèle quand vous aviez à peine vingt ans... Tenez, il me vient une fantaisie, à moi aussi, c'est de vous les couper, ces ailes qui vous rendent volage. Que diriez-vous si je mettais une telle condition à cette union que vous désirez tant aujourd'hui?

« Le prince Olivarez, voyant la mignonne paire de ciseaux dont je m'étais armée, se mit à sourire. Il ne comprenait rien à mon langage. Si je ne lui parus pas en train de plaisanter, il dut me croire folle. Il m'accorda tout pouvoir sur lui et sur ses ailes, et me permit de les piquer sur ma coiffe de dentelles, d'en orner mes cheveux, de les tailler, de les rogner, de les couper. Il mit, en un mot, toute sa brillante voilure à ma discrétion.

« Cette générosité sans bornes me fit impression; j'eus peur, en usant de sa permission illimitée, de nuire à la vivacité adorable de ses sentiments.

« — Si j'allais, pensais-je, par une imprudente précipitation, le ramener à cet état de chrysalide monacale dans lequel je l'ai trouvé la première fois qu'il s'est présenté à ma vue à la chapelle de la Vierge! N'aurais-je pas tout le temps, d'ailleurs, de recourir à cette manière extrême de retenir sa fidélité? Ne pourrais-je pas toujours fixer ses ailes au moment

précis où je devinerais son intention de s'en servir pour s'éloi-
gner de moi?

« Le résultat de ces réflexions fut la remise des ciseaux dans
leur étui; après quoi je m'abandonnai avec la confiance la
plus illimitée et la crédulité la plus aveugle au bonheur,
encore nouveau pour moi, d'être adorée par un amant jeune,
beau, élégant, persuasif et bien-aimé.

« Je n'entrerai pas dans les détails de notre amour : les
premiers temps de notre union furent un enivrement perpétuel.
Le souvenir de ces joies reste profondément au cœur, mais il
ne peut se raviver par la parole. »

Ici la princesse mit la main sur ses yeux et parut absorbée
dans un ineffable recueillement. Un soupir profond vint l'arracher à cette réminiscence mêlée de bonheur et de larmes, et
sans avoir le mauvais goût de s'excuser d'une distraction si
légitime, elle reprit son récit en ces termes :

« — Cette période passionnée de ma vie fut de courte durée :
la deuxième année finissait à peine, et il ne se rappelait déjà
plus ses douces paroles; je n'étais plus la lumière de sa vie,
une autre que moi échauffait son cœur.

« J'étais encore si complétement aveuglée par mon amour
que je ne vis pas le jeu de ses ailes, je ne m'aperçus pas qu'elles
frémissaient d'impatience auprès de moi. Si j'avais été plus
calme cependant, ne m'était-il pas facile d'observer un phénomène qui plus tard me devint si familier? n'avais-je pas la
puissance de le fixer? ne pouvais-je donc pas prévenir tout
naturellement son abandon, ainsi que je le fis plus tard pour

7

tant d'autres, dont vous voyez tranquillement étalées dans
mes cadres les ailes aux couleurs variées comme les passions
qui les inspiraient?

« Eh bien non, je ne vis rien, je ne compris rien, je n'eus
aucune prévision de mon malheur que lorsqu'il fut sans
remède. Je n'étais pourtant pas le premier amour du volage
Olivarès; sa retraite dans le couvent des Franciscains de
Séville était, je vous l'ai dit, un désespoir d'amour. Par délicatesse, il est vrai, je ne lui avais jamais demandé les détails
de cette histoire; j'ignorais encore le nom de sa première
victime.

« Mais enfin je savais qu'il avait été déjà séducteur et infidèle; son remords même et le genre de pénitence qu'il s'était
infligé aurait dû me mettre sur mes gardes. Ah! tenez, marquise, vous qui avez de l'expérience, convenez avec moi que
l'on voit toujours mieux dans le jeu des autres que dans le
sien. »

La compagne de Cazotte sourit en faisant de la tête un signe
d'assentiment; quant à Cazotte lui-même, il écoutait les yeux
en l'air, selon son habitude, et s'il regardait quelque chose,
c'était plutôt le portrait du grand-paon de nuit que la pauvre
princesse délaissée. Le mouvement des lèvres de la narratrice
eût détruit le charme pour lui. Cette aventure où la fantaisie
mystique jouait un si grand rôle l'avait transporté tout d'abord
dans le monde, où il devait aller chercher plus tard la *Bion-
detta* de son chef-d'œuvre.

« — Je ne tardai pas cependant, reprit Ginebra, à m'aper-

cevoir que don Olivarez passait souvent les nuits ailleurs qu'au
château de Moncade. Cette découverte me donna à penser. Il
n'y avait rien de changé pendant le jour dans ses manières
passionnées avec moi. Je n'avais pas la moindre base au plus
léger soupçon.

« Nous vivions presque solitaires dans l'égoïsme de nos premiers amours; lui-même avait désiré qu'il en fût ainsi; et
dans nos relations de voisinage, aucune femme ne pouvait me
donner de l'ombrage par la jeunesse, la grâce ou la beauté.
J'étais bien sûre qu'à plusieurs milles à la ronde je n'avais
pas de rivale à redouter.

« Et pourtant ces fantaisies nocturnes m'intriguaient. Je
me rappelai alors qu'il avait des ailes. Séville et ses villas
n'était qu'à quatre lieues de notre résidence; par un temps
calme, une pareille distance devait être un jeu pour lui.

« Mais pourquoi cette humeur vagabonde le prenait-elle
seulement après le coucher du soleil? Cette question, qui eût
embarrassé bien des jeunes mariées, fut promptement résolue
pour moi. Je l'avais trouvé à la chapelle du couvent des
Dames-Nobles, sous la cape brune de saint François qui le
faisait ressembler à une larve de grand-paon; réchauffé par
mon amour, il avait brisé son enveloppe, et malgré sa nouvelle forme, je n'avais épousé en secondes noces qu'un papillon
de nuit : l'analogie entrevue s'était trouvée véritable.

« Avais-je le droit maintenant de m'étonner si mon jeune
époux conservait les allures et les habitudes de sa race? Il
me restait d'ailleurs une garantie puissante, un motif admi-

rable de sécurité : mes ciseaux, toujours parfaitement affilés, ne me quittaient point, et je pouvais les faire jouer au premier soupçon sérieux.

« Me voyant un matin soucieuse un peu plus qu'à l'ordinaire, don Olivarez devina mes pensées, et du ton le plus naturel du monde :

« — Ma Ginebra, dit-il, sais-tu combien est délicieuse la fraîcheur embaumée des nuits, à l'heure où les calices des fleurs, comme autant de cassolettes d'or et de rubis, comme autant de légers encensoirs d'argent, de topaze et d'opale, jettent vers le ciel les arômes précieux qu'ils ont composés au grand jour du soleil, avec les plus purs de ses rayons? »

« — Cher prince, quand vous allez vous enivrer de poésie et de parfums, pourquoi ne m'éveillez-vous pas pour partager votre ivresse? »

« — Si tu aimes à voir briller les lucioles, à voir les paons de nuit exécuter leurs joyeuses évolutions à la clarté des vertes étoiles, ô ma Ginebra! je choisirai les nuits les plus calmes, les plus odorantes et les plus lumineuses pour te les faire admirer! »

« Cet ode à la nuit, chanté par l'enthousiasme de mon jeune amant, me rassura. Il suivait les impérieuses impulsions de sa nature nocturne, et rien de plus. Il aimait ces bruits bizarres qui font tressaillir les autres, ces ombres douteuses qui font fuir les pieds humains. Ce qu'il lui fallait pour être complétement heureux, c'était d'entendre la brise tiède chan-

ter d'une voix timide dans les feuilles des jasmins et des
ébéniers; c'était d'assister au lent mystère de l'épanouisse-
ment des roses et des fleurs de citronniers.

« Si je me contentais, moi, de les voir épanouies dans la
rosée du matin, était-ce une raison pour contrarier les goûts
de don Olivarez?

« Tous ces beaux raisonnements me firent ajourner l'exécution qui devait le fixer pour toujours auprès de moi. J'avais
eu l'imprudence de discuter les battements de ses ailes et de
leur inventer des motifs légitimes; le perfide abusa de ma
crédulité et mit à profit mon aveugle indulgence pour s'envoler
bien loin de moi.

« Un beau jour, je l'attendis inutilement. Je le fis chercher
partout, j'envoyai des courriers sur toutes les routes, et j'appris
enfin qu'il s'était embarqué à Cadix, sur un vaisseau qui
emportait au Pérou le nouveau vice-roi de Lima et sa fille. Je
me rappelai alors, mais trop tard, qu'il avait beaucoup
admiré cette jeune personne à une procession faite à Séville en
l'honneur de Notre-Dame d'août, où elle assistait couronnée
de roses blanches et de bluets.

« La veuve douairière de Moncade a depuis porté le deuil
du prince son fils. Il a péri, dit-elle, dans l'affreux tremblement
de terre qui a ravagé Lima; mais je sais bien, moi, que je ne
suis pas veuve.

« Lorsque je me décidai à revenir en France, j'espérais
vaguement l'y rencontrer, car je savais qu'une fois ses ailes
déployées il ne les arrêterait plus, à moins que je ne parvinsse

8

à les fixer sous les aiguilles d'or que je porte toujours dans
mes cheveux à son intention. »

Disant cela elle montra piqués dans la touffe grisonnante
qui retombait sur sa nuque les deux poignards microscopiques
qu'elle réservait à la moralisation tardive de son second
époux.

« — En effet, continua-t-elle, après avoir traversé les Pyré-
nées, je vis un voyageur fatigué assis au bord de la route à
quelque distance de Bagnères ; le vent déployait son manteau,
que je reconnus, en m'approchant, pour les ailes aux quatre
yeux de mon jeune mari.

« A cette vue, je quittai sans bruit ma chaise, ordonnant au
postillon de m'attendre dans un coude du chemin où le prince
ne pouvait nous voir, puis je grimpai lestement le coteau, pour
surprendre par derrière mon volage, afin de le rendre définitivement fidèle.

« Tout alla bien d'abord, j'approchai sans respirer, je n'en
étais plus qu'à deux pas... Déjà je préparais mes aiguilles d'or...
lorsque, sans même reconnaître ni regarder sa Ginebra, le
prince Olivarez s'élança dans les airs et disparut. .

« Je crois l'avoir entrevu plusieurs fois encore depuis ce
moment, mais je ne le tins jamais aussi à mon aise ; je ne le
trouvai jamais aussi bien disposé pour l'exécution de mes
desseins que ce jour-là.

« Hélas ! il y a plus de trente ans de cela, et pourtant je
ne renonce pas à mon projet ; je suis même sûre que je pourrai
bientôt y réussir.

« Lorsque je parle ainsi devant la jeunesse, je la fais sourire : on ne sait pas à vingt ans que la solitude est souvent bien lourde aux vieillards, et que près de la tombe on a besoin d'un ami qui en égaye la route et vous y fasse marcher à pas plus lents. »

En achevant ces mélancoliques paroles, la princesse se leva gravement ; elle prit Cazotte par la main, et le conduisit vers un petit secrétaire à pieds arqués, joli meuble de boule que le comte Cipio avait commandé jadis exprès pour elle. Les marqueteries allégoriques dont il était décoré s'y trouvaient exécutées avec un goût charmant. De gracieux papillons argus, imités avec art dans cette sorte de mosaïque en bois précieux, semblaient y veiller sur les secrets confiés aux tiroirs.

Ici je sens le besoin d'ouvrir une parenthèse au bénéfice des amateurs de ces chefs-d'œuvre de l'ébénisterie du XVIII<sup>e</sup> siècle.

Cette délicate merveille, qui faisait l'un des ornements les plus originaux du salon si original de Ginebra, fut léguée à l'auteur du *Diable amoureux*, et alla décorer sa retraite de Pierry en Champagne.

Le duc de Penthièvre, dans une visite qu'il fit à Cazotte, essaya inutilement de l'obtenir ; c'était un souvenir trop précieux pour que l'enthousiaste légataire consentit à s'en dessaisir.

Égaré, après la fin tragique de son possesseur, dans l'arrière-boutique d'un brocanteur inconnu, le précieux coffre reparut, en 1807, à une vente publique. Mais, dédaigné par le vilain goût de l'époque impériale, il allait échoir à quelque

vandale moderne, si Dusommerard, qui nous a sauvé tant de
reliques sans prix, ne se fût trouvé là fort à point.

L'excellent collectionneur parvint facilement à tirer ce joyau
du fumier, et le plaça dans une salle de l'hôtel Cluny, où
chacun aujourd'hui peut aller l'admirer.

La princesse ayant donc conduit Cazotte vers le meuble en
question, prit dans l'un de ses tiroirs un manuscrit sur la
couverture duquel était représenté un jeune homme d'une
quinzaine d'années environ, à la physionomie alerte, portant
les couleurs tendres du papillon iris.

— Tenez, cher poëte, si, comme je le crois, vous êtes curieux
de savoir les aventures du volage prince de Moncade jusqu'au
moment où j'ai failli l'arrêter dans sa course, voici des renseignements exacts; ils m'ont été fournis par ce charmant iris
peint sur la couverture.

— Par cet iris! fit Cazotte émerveillé.

— Par cet iris, répondit la princesse; car le jour où je man-
quai mon jeune mari, je parvins à saisir à quelques pas de là
cet étourdi bleu ou plutôt cette étourdie. Il était, ou mieux elle
était de la suite du prince, et ne l'avait pas quitté depuis son
départ d'Espagne.

— Je lui en sais bon gré, s'écria le rêveur en ouvrant le
manuscrit.

— Maintenant, satisfaites votre curiosité à votre aise; ces
souvenirs sont d'ailleurs si brûlants pour moi que je n'aurais
pu moi-même achever l'histoire de don Olivarez.

Puis s'adressant à la marquise de La Croix :

— Et vous, chère bonne, venez avec moi; je vais, selon mon habitude, faire une heure de chasse à la clarté des étoiles, avant de me coucher.

### MANUSCRIT AUTHENTIQUE D'UN IRIS DES PRÉS.

Son Excellence m'ayant rencontrée dans une de ces vastes prairies du Guadalquivir où paissent les élégants genets andaloux et les robustes taureaux destinés aux courses, se fit un jeu de me prendre en croupe et de m'enlever.

Pour me dissimuler à la jalousie légitime de sa jeune épouse, il me donna un costume d'écuyer, le titre de page, le nom d'Azuleo, et me prit à son service intime. Une fois installée au château de Moncade, je ne quittai plus Monseigneur; j'étais de toutes ses courses, de toutes ses chasses, j'entrais dans toutes ses confidences, je fis ses commissions les plus difficiles, et lui rendis les services les plus délicats.

C'était moi, par exemple, qui préparais son cheval pour ses excursions nocturnes, moi qui portais ses lettres d'amour et ses rendez-vous. De pareilles tâches m'eussent été bien pénibles, si je n'avais été naturellement douée d'une humeur légère et d'un tempérament calme. Et puis j'étais si heureuse d'être pour une bonne part dans tous les bonheurs de don Olivarez, que mon dévouement devint bientôt instinctif, sans jalousie et sans réflexions.

Une seule fois, trois jours avant de quitter l'Espagne avec la fille du vice-roi, comme Son Excellence m'apprenait cette grosse nouvelle, j'essayai de l'en détourner.

9

— Ah ! monseigneur, lui dis-je, que va devenir notre bonne señora qui vous aime tant? »

A ces mots, je vis une larme dans ses yeux.

— Pauvre Ginebra! dit-il, je la quitte et je l'aime avec passion. Ah! pourquoi le sort me force-t-il à des actes aussi cruels! pourquoi suis-je toujours dans l'obligation de choisir entre deux amours! Pourquoi toujours cette nécessité de rompre avec une femme aimée pour obtenir l'amour d'une autre. Va, mon cher Azuleo, si Ginebra avait ton humeur légère et insouciante, je ne lui causerais pas ce chagrin; je la prierais de nous suivre au Pérou, et elle nous suivrait.

A peine arrivé en vue des côtes du Brésil, le prince avait déjà donné une rivale à la fille du vice-roi; il s'était épris d'une belle créole de Bahia qui revenait de Lagos en Portugal, en compagnie de son frère. Don Olivarez ne marchandait jamais avec ses sentiments; il se les avouait aussitôt qu'il les sentait poindre en lui. Il résolut donc, après avoir découvert en lui cette nouvelle passion, de suivre la Brésilienne.

Je ne sais pas où il en était précisément avec la fille du vice-roi; du reste, le père de celle-ci paraissait tout ignorer; il affectait de ne voir qu'un illustre passager dans le poursuivant de sa fille. En agissant ainsi, calculait-il habilement ses intérêts ou laissait-il mûrir sa vengeance? je n'en sais rien. Dans tous les cas, don Diègue, le vice-roi, ne me parut pas trop chagrin, en apprenant la résolution du prince de descendre à Bahia avec la Brésilienne.

Cependant, avant de quitter le galion de don Diègue, mon-

seigneur de Moncade, toujours amoureux de sa fille, supplia la
fière Espagnole de laisser son père continuer sa route vers le
Pérou, et de le suivre, lui, à la baie de Tous-les-Saints.

Celle-ci, qui s'était bien aperçue du motif de ce débarque-
ment improvisé, s'indigna contre le prince, et le menaça de la
colère toute-puissante du vice-roi son père. Le prince, toujours
loyal dans sa déloyauté, pleura beaucoup et fut bien triste de
quitter la belle Sévillane; mais il n'en suivit pas moins la brune
créole, qui venait de le prendre dans les piéges de ses beaux
yeux.

Nous restâmes un an entier sur les bords fertiles du fleuve
*Peruaguacu,* où Monseigneur pensa sérieusement à créer de
vastes plantations de cannes et de caféiers. Il avait déjà acheté
un bel atelier de nègres et obtenu une vaste concession du gouvernement portugais, lorsqu'il eut le malheur de tuer le frère de
la belle créole, à la suite d'une querelle suscitée par la jalousie
de la sœur. Cela le força à quitter le pays, au moment où il
commençait à ne plus s'y plaire du tout.

Il donna ses terres, ses nègres et ses négresses, à une charmante métis qui n'avait certes pas quatre pieds et demi de
développement, et portait comme sa mère de sang indigène
des anneaux d'or fin et de gros diamants pendus aux car-
tillages de ses orcilles et de son nez.

De Bahia nous nous embarquâmes pour la Havane; mais le
vent, qui nous fut contraire, nous força à relâcher dans l'île de
Curaçao appartenant aux Hollandais. Ici le prince tomba de
nouveau amoureux; mais l'affaire faillit lui coûter cette fois

plus qu'un troupeau de nègres et quelques centaines d'arpents en friche.

Ce papillon volage, comme disait ma belle maîtresse doña Ginebra, reposa son vol sur une fleur de Hollande éclose dans les serres des plus habiles horticulteurs de l'univers.

La nouvelle conquête de don Olivarez était fiancée à un riche facteur de la Compagnie Hollandaise. Une nuit, le futur mari de cette rose du Zuiderzée surprit Monseigneur, montant la garde près de la galerie qui laissait pénétrer la brise de mer, sous le moustiquaire de la fiancée.

— Bon! se dit-il, voilà un prince espagnol qui va payer de sa fortune ou de sa vie cette incartade andalouse.

Et la nuit suivante il mit sur pied pour le surprendre tous les hommes armés qu'il avait à sa disposition.

Par un hasard inouï, cette nuit même une grande chaloupe pontée mit à terre un parti de flibustiers, une vingtaine de ces terribles *Frères de la côte*, qui venaient là dans l'intention de surprendre la plus riche partie de l'île, et de la piller. Or l'oreille d'un amoureux étant d'une grande finesse, surtout quand il a avec lui un page aussi dévoué qu'Azuleo, le prince et moi nous aperçûmes les aventuriers qui avançaient sans parler, afin de surprendre les Hollandais.

A cette vue, le prince donne l'alarme; il se met à la tête des hommes postés pour l'arrêter lui-même et chasse les écumeurs de mer, interdits et découragés de s'être vus prévenus dans leur œuvre de massacre et de maraude.

Ce service splendide nous sauva, mais don Olivarez n'en dut

pas moins partir, regrettant, comme toujours, avec des larmes
véritables, la fatalité qui le forçait à ce nouvel abandon.

Le vent nous porta enfin à la Havane où, après quelques
mois de séjour, mon noble maître avait déjà eu plusieurs aventures aussi sérieuses que les premières; mais, par extraordinaire,
ce fut lui cette fois qui fut le plus fidèle, car il fut toujours
abandonné. Cette nouvelle façon d'agir à son égard l'affecta
vivement, au point que sa santé me donna des inquiétudes.

— Monseigneur, lui dis-je, vous n'aimez donc plus votre
page Azuleo, que la bonne señora, votre femme, appelait son
papillon iris?

A ces mots le prince me prit sur ses genoux :

— Ah ! pauvrette, je t'aime comme lorsque je t'ai pris en
croupe pour te faire courir le monde, malgré ton jeune âge et
ta faiblesse.

— Eh bien! Monseigneur, ne vous affligez donc pas aussi
longtemps, lorsque je suis là pour vous consoler.

— Tu as raison, dit le prince, je ne veux plus penser à celles
qui me quittent, cela fait trop de mal, mais à celles que j'ai
été forcé, bien malgré moi, de quitter. Retournons en Europe,
allons revoir Ginebra et toutes celles que j'ai aimées avant mon
départ; je veux les consoler toutes et obtenir d'elles un sourire
et mon pardon.

Je frappai dans mes mains, en entendant cette résolution.
J'allais donc revoir les vertes prairies du Guadalquivir, et abandonner pour toujours ces dévorantes contrées, qui m'enlevaient
mes couleurs et ma vivacité.

Quelques mois après, nous étions de retour en Espagne. La princesse n'y était plus; or, tout en la cherchant, elle et d'autres encore, le beau papillon continua à laisser errer son vol irrégulier au caprice de sa fantaisie.

Et maintenant que doña Ginebra lui a enlevé son page qui veillait sur lui, à présent que je ne suis plus là pour l'avertir et le consoler, que va-t-il devenir, et qu'est-il devenu?

— Pauvre Ginebra! dit Cazotte en terminant cette lecture, les aiguilles d'or ne piqueront peut-être jamais ce beau paon de nuit; quelqu'un de ces sinistres oiseaux de proie qui font la police nocturne, effraie ou chat-huant, a probablement terminé d'un coup de griffe la carrière aventureuse de ton second mari.

La princesse revint de sa chasse nocturne avec la marquise les mains vides, et sans avoir aperçu ni l'une ni l'autre le moindre phalène.

La soirée, il est vrai, n'était nullement favorable aux capricieuses évolutions des sphinx et des bombix. Sous un ciel étoilé, mais sans lune, soufflait un vent de sud-est vif et sec qui fouettait les ailes maladroites des dernières chauve-souris, et faisait tourbillonner les premières feuilles arrachées aux ormes et aux peupliers.

Personne mieux que Ginebra ne connaissait les mœurs et coutumes de ses favoris. Elle n'ignorait pas qu'à cette époque de l'année, leurs générations mignonnes se trouvaient pour la plupart emprisonnées dans le feutre ou la soie des chrysalides, ou poudrées en graines autour des pousses du dernier printemps.

Mais cette heure était, nous l'avons dit, consacrée à sa chasse préférée, et à n'importe quel prix elle n'eût voulu manquer à cette habitude.

Elle n'avait pas pour guide unique la science de l'entomologie; ce qu'elle poursuivait n'était pas simplement des papillons. A ses yeux les hommes empiétaient fréquemment sur les droits de cette race ailée, et réciproquement. Or, cette heure douteuse, si bien dite entre chien et loup, était le moment le plus favorable pour surprendre les mystérieux secrets de ces hybrides transformations.

A ces graves motifs ajoutez que don Olivarez, avec ses ailes aux quatre yeux, était en train de courir l'espace; or, ne

pouvait-il pas choisir, sans le savoir, le soir même où Ginebra
serait restée paresseusement étendue sur sa chaise longue, pour
venir se poser sur les ellébores et les chrysanthèmes de son
jardin?

En rentrant au salon la marquise de La Croix dit avec un
soupir d'un grand naturel :

— Si don Olivarez, chère princesse, vole au gré de ses désirs,
ce papillon capricieux a bien des compagnons parmi les
hommes. Hélas! il n'en est pas de même pour nous autres
pauvres femmes. Bien qu'il nous vienne des ailes aussi bien
qu'à ces messieurs, nous sommes toujours enlevées au gré de
leurs caprices, et nous ne volons guère dans l'espace que sur
les ailes de nos maîtres.

— C'est bien vrai, dit la princesse ; cependant à cette règle
inique il y a des exceptions. Vous voyez cette belle libellule,
aux membres diaphanes, enlevée dans les airs par deux
porte-queue flambés, celle-ci au moins monte au ciel sur
les ailes de ceux que l'amour a fait ses esclaves.

— Contez-nous cela, dit vivement Cazotte.

— Cher poëte, reprit la princesse, rappelez-vous votre refrain
prudent :

> Commère, il faut chauffer le lit,
> N'entends-tu pas sonner minuit.

— Princesse, il est à peine onze heures.

— Eh bien, encore cette histoire aujourd'hui ; mais écou-
tez-moi sans vous endormir.

# LA
# BELLE ESPAGNOLE

*et les deux Porte-Queue.*

*Papillon Grand Porte-Queue. — Papillon Flambé.*

Tombée à genoux : Gaston!.. Guibert!... s'écriait-elle.

# LA
# BELLE ESPAGNOLE

## ET LES

## DEUX PORTE-QUEUE

Sur l'une des magnifiques promenades qui entourent la ville d'Avignon, et en face du roc des Dons qui se dresse comme un géant de pierre, au bord du Rhône, à l'extrémité de l'ancienne cité des papes, brillait, en l'an de grâce 1754, le cabaret de *l'Écu d'or*, rendez-vous favori de la jeune noblesse avignonnaise.

Une coquette petite maison, peinte en rouge avec des contrevents verts, entourée de fraîches charmilles à l'ombre desquelles s'attablaient les buveurs, la beauté de l'emplacement d'où l'on suivait du regard le cours sinueux du Rhône au milieu des prairies, et plus que tout cela, la mine réjouie et la bonne cuisine de dame Simonne, maîtresse du lieu, avaient assuré la vogue du cabaret de *l'Écu d'or*.

11

C'est là que nous irons, s'il vous plaît, chercher les deux
héros de cette histoire, assis face à face devant un pâté de
lièvre, dont les tranches parfumées restent intactes sur leur
assiette d'étain, tandis que le vin d'Espagne, au souffle de la
brise de mai qui agite les charmilles, semble grelotter dans leurs
coupes pleines.

Voilà, par ma foi, de piteux convives, et ce n'est pas l'en-
traînement de la conversation qui leur fait insulter d'un tel
affront le déjeûner de dame Simonne ; car ils ne desserrent pas
les dents, si ce n'est, l'un pour pousser de lamentables soupirs, l'autre pour proférer à demi-voix d'effroyables jure-
ments.

Ces deux jeunes seigneurs sont pourtant la fine fleur de la
gentilhommerie du Comtat Venaissin.

Gaston de Rieux et Guilbert de Mont-Réal sont renommés
entre tous comme les plus joyeux, les plus galants, les plus
magnifiques.

Également beaux, également riches, également ardents pour
le plaisir, Gaston et Guilbert sont liés dès l'enfance d'une
amitié à toute épreuve.

S'agit-il pour l'un d'eux d'un coup d'épée à donner ou à
recevoir, l'affaire ne se passe pas sans que l'autre ne mette
flamberge au vent. Est-il question d'une duègne à endormir,
d'un mari à écarter, Gaston peut compter sur Guilbert pour
ménager ses rendez-vous, comme Guilbert sur Gaston pour
protéger ses amours.

Oreste et Pylade, Achille et Patrocle, Nysus et Euryale, les plus fameuses amitiés des temps antiques et modernes pâlissent devant le dévouement de Gaston pour Guilbert et de Guilbert pour Gaston.

Notez qu'ils sont de natures complétement diverses et qu'ils aspirent à des succès tout différents.

Gaston, blond, mince, gracieux, mélancolique, un peu efféminé en apparence, attaque le cœur des belles par les chemins couverts des délicatesses et des prévenances, et par la mine du sentiment.

Guilbert, brun, vif, hardi, décidé, pétillant, emporte la place d'assaut après l'avoir étourdie des mousquetades de sa verve gasconne.

C'est sans doute parce qu'ils se ressemblent si peu qu'ils s'aiment tant.

Les minutes se passent. Gaston continue de soupirer, et Guilbert jure toujours, au risque de se damner comme un païen. Mais Guilbert se soucie des chaudières de Belzébuth comme d'un fétu de paille.

Gaston rompt le premier le silence.

— Guilbert, dit-il, tu me caches quelque chose?

— Tiens, parbleu, et toi? s'écrie Guilbert.

— C'est vrai, frère, pardonne-moi! J'ai un secret; mais j'ai juré de me taire.

— Comme moi, ventrebleu!

— Tu ne m'en veux pas?

— Ni toi?

Les deux amis se serrent la main.

— Ah! çà, reprend Guilbert, tu l'aimes donc sérieusement?

— Et toi?

— Comme un fou.

— Et elle te résiste?

— Comme à toi. »

Ils avaient compris, sans mot se dire, la cause de leurs chagrins réciproques. Au fait il était aisé de deviner qu'il y avait de la femme dans leur jeu.

— Irais-tu bien jusqu'à l'épouser? demanda Gaston après un moment de silence.

— Et toi? fit Guilbert.

— Moi aussi, répondit Gaston.

Ils haussèrent les épaules en signe de pitié mutuelle, et retombèrent dans leurs réflexions.

Pourtant Guilbert se mit à avaler coup sur coup plusieurs verres de vin d'Espagne, tandis que Gaston, renversé sur le dossier de son siége, regardait passer les nuages au ciel.

Tout à coup chacun d'eux fit un soubresaut, en voyant entrer en même temps son laquais sous la charmille.

— Seigneur, dit le laquais de Gaston, voici une lettre pressée qui vient d'arriver à votre hôtel.

— Seigneur, fit le laquais de Guilbert, voici un billet qu'on m'a recommandé de vous apporter aussitôt.

Ils rompirent le cachet de leurs lettres, dévorèrent quelques mots qu'elles contenaient, jetèrent une pistole à leur laquais, et se retournèrent l'un vers l'autre, souriant et la figure épanouie.

— Bonnes nouvelles, il paraît, s'écria Guilbert.

— Comme à toi ! répondit Gaston.

— Un rendez-vous ?

— Moi aussi.

— Bonne chance donc !

Ils se serrèrent la main de nouveau, déchirèrent leur billet en mille petits morceaux qu'ils jetèrent au vent, appelèrent l'hôtesse, lui donnèrent une pièce d'or, et se séparèrent en se disant :

— A ce soir !

— Tiens ! ils n'ont pas déjeûné, s'écria la mère Simonne.

Voici ce que contenait la lettre reçue par Guilbert :

« — J'arrive d'Espagne, ce matin ; à quatre heures je serai libre, venez. »

Celle de Gaston était ainsi conçue :

« Si huit jours d'absence vous ont paru longs, venez à cinq heures. On vous donnera une main à baiser. »

Chose étrange ! l'écriture de ces deux lettres était absolument la même.

Laissons nos deux cavaliers se préparer à leur douce entrevue, et pénétrons dans le boudoir de la belle Espagnole. C'est ainsi qu'on appelait à Avignon la señora Inez de Castelja, qui, depuis un an environ, était venue fixer sa résidence dans la ville papale. La señora était veuve à vingt-deux ans d'un grand d'Espagne de première classe, qui avait eu la délicate attention de mourir quand sa jeune épouse commençait à peine à le détester.

12

Pourquoi Inez, riche à millions et la plus courtisée des
dames de Madrid, avait établi sa demeure dans le magnifique hôtel qu'elle avait acheté à l'extrémité sud d'Avignon,
sur le bord des jardins qui entourent la ville d'une ceinture
de fleurs, c'est ce qu'on n'a jamais bien pu savoir. Mais qui
peut pénétrer au fond des caprices d'une femme jeune, belle,
opulente et blasée sur les plaisirs des cours?

La plus vraisemblable des suppositions à ce sujet, c'est
qu'étant passée par Avignon et qu'ayant trouvé que cette ville
charmante lui offrait un délicieux séjour, Inez avait résolu
de s'y arrêter jusqu'à ce que la satiété l'en chassât, pour lui
faire installer ailleurs, par une nouvelle fantaisie, ses pénates
vagabonds.

Quoi qu'il en fût, l'apparition de la belle Espagnole fit
une sensation prodigieuse parmi les cavaliers jeunes ou
vieux de la ville, et bien des papillons dorés et titrés vinrent
voltiger autour de ce fanal de grâce. Mais Inez en eut
promptement fini avec tous ces soupirants. Elle leur ferma
sa porte, et deux mois après son installation dans la ville
papale, elle cessa presque complétement d'aller dans le
monde.

Quelques voyages qu'elle fit en Espagne détournèrent l'attention publique de sa personne et de son hôtel désert, et
bientôt elle put vivre entièrement à sa guise.

Il est bientôt quatre heures; dans un boudoir tendu de
soie blanche brochée d'or, à demi renversée sur une cau-
seuse, Inez, le front dans sa main et pensive, laisse errer

machinalement ses regards d'un beau groupe de marbre antique, représentant les trois Grâces dans leur costume habituel, à un magnifique Christ d'ivoire, qui surmonte un prié-Dieu en ébène incrusté d'argent, mélange artistique du sacré et du profane.

La voix publique n'a pas flatté Inez en lui décernant le titre de belle. On devine, sous sa robe flottante de satin et de dentelles, que son corps souple et gracieux peut rivaliser avec les trois sœurs mythologiques qu'elle contemple, pour l'exquise proportion des formes et la volupté des contours.

Son visage, un peu pâle, est animé par une bouche vermeille, où le sourire se repose, et par l'indéfinissable éclat de ses grands yeux noirs, dont aucun peintre n'a pu jusqu'alors fixer sur une toile l'expression à la fois tendre, malicieuse et passionnée.

Si Satan pouvait pétrir une pareille femme et l'animer de son esprit infernal, il volerait toutes les âmes au bon Dieu, et les clefs de saint Pierre se rouilleraient à sa ceinture.

Quatre heures ont sonné; le dernier coup du timbre retentit encore, que déjà une tapisserie se soulève et livre passage à Guilbert de Mont-Réal, introduit par une jeune camériste catalane qui se retire discrètement.

— Bonjour, seigneur Guilbert, dit la voix douce de la señora.

Et une blanche main, un peu tremblante, se tend vers lui et ne se retire pas trop précipitamment sous ses baisers.

— Excusez-moi, señora, dit le hardi cavalier, en la rete-
nant sous ses lèvres, malgré une légère opposition; mais
vous me devez huit jours de cette belle main-là, à une
minute par jour. Je ne suis pas assez riche pour vous
remettre la moindre partie de ma créance. Cordieu! c'est
une trop précieuse monnaie!

— Combien de ces fines galanteries avez-vous jetées au
vent pendant mon absence, seigneur Guilbert? demanda
Inez en souriant.

— Aucune, madame; depuis que j'ai eu la maladresse
de vous laisser voler mon cœur, il m'est impossible de
trouver un mot qui amène un sourire sur de jolies lèvres.
Corps du Christ! je crois que vous m'avez volé mon esprit
en même temps. Mais, pour Dieu! qu'allez-vous faire de
tout cela?

La conversation continua pendant une heure, vive, enjouée,
pétillante.

A chaque répartie du fécond Provençal, les yeux d'Inez
brillaient de malice et de gaieté.

Guilbert, qui ne perdait pas l'esprit autant qu'il voulait
bien le dire, essayait souvent de profiter de la bonne impression qu'il produisait sur la señora pour obtenir quelques
faveurs plus décisives que des doigts roses à baiser; mais
Inez déjouait toutes ses tentatives, sans quitter le ton de
la plaisanterie; et quand Mont-Réal, dépité, commençait
à exhaler quelque plainte amère, un sourire, un mot de
la belle Espagnole, ou une main gracieusement appliquée

sur ses lèvres arrêtait aussitôt l'élan de sa mauvaise humeur.

Surprenant un regard de la señora sur la pendule d'albâtre, dont le timbre allait frapper cinq heures, Guilbert se leva.

— Tenez, Inez, dit-il d'un ton pénétré qui ne lui était pas habituel, je crois que vous êtes Belzébuth en personne; vous me torturez, vous me martyrisez, et malgré tout je vous adore. Finissons-en, je vous en conjure, ou tout ceci tournera mal pour moi. Parlez, de grâce! Quand mettrez-vous fin à mon tourment?

— Bientôt, dit-elle avec un charmant sourire.

— Vrai?

— Je vous le jure; car moi aussi, ajouta-t-elle comme en se parlant à elle-même, moi aussi je souffre de cette lutte !

— Eh bien, s'écria le jeune homme, pourquoi ne pas la faire cesser tout de suite?

— Adieu, dit Inez; adieu, Guilbert; à demain.

Cinq heures sonnaient. Guilbert sortit.

Inez le suivit d'un long et tendre regard; puis ses traits prirent une expression de touchante mélancolie, et elle resta un moment pensive et absorbée, les yeux fixés sur la porte que le seigneur de Mont-Réal venait de franchir.

— Oui, pensa-t-elle, je l'aime, ce brave et joyeux cavalier. Il a raison, il faut en finir.

Comme elle achevait de murmurer cette pensée dans le fond de son âme, elle sentit une main chercher timidement

13

la sienne, et, abaissant son regard, elle aperçut, agenouillé
devant elle, Gaston de Rieux, que la camériste avait introduit dans le boudoir, après s'être assurée que Guilbert était
parti.

Elle regarda le jeune homme, et à mesure qu'elle contemplait cette belle tête blonde et ces grands yeux bleus qui
se levaient suppliants vers elle, ses traits perdirent peu à peu
la teinte de tristesse qui les assombrissait; pour prendre une
expression de douce tendresse.

— Enfin je vous revois, Gaston, dit-elle.

— Et moi, je renais, madame, répondit le jeune seigneur;
car depuis huit jours je ne crois pas avoir vécu.

Elle voulait parler.

— Oh! laissez-moi vous contempler en silence! dit Gaston
en caressant d'un regard amoureux et profond le beau visage
de l'Espagnole; quand vous parlez, mon âme se suspend à
vos lèvres, et je n'ai plus de facultés pour savourer votre
vue. Vous regarder et vous entendre sont deux bonheurs trop
grands pour qu'on puisse les goûter à la fois.

Inez se tut, et leurs regards se parlèrent longtemps ainsi
ce langage magnétique de l'amour dont la nature enseigne
l'idiôme à tous les peuples de la terre.

Puis Gaston rompit le silence, pour débiter à Inez, de sa
voix touchante, ces riens inappréciables, ces suaves niai-
series, ces ravissantes stupidités qui sont à la fois l'éloquence
et la philosophie des cœurs amoureux.

Cédant au charme de cette douce parole, la señora devenait

peu à peu sentimentale et mélancolique comme Gaston, et ses yeux si gais, si pétillants naguère aux saillies de Guilbert, se noyaient d'une douce langueur, en regardant Gaston qui, assis à ses pieds, sur un tabouret de velours, semblait l'adorer comme une madone.

Une heure se passa ainsi. Gaston n'était guère plus facile à contenter que Guilbert. Il ne faut pas trop se fier à ces béates natures. Mais sa voix était plaintive, et ses supplications fendaient le cœur. Quelques larmes même coulaient parfois de ses paupières.

Un moment vint où la señora, à bout de résolution, fut réduite à sonner sa camériste, pour lui donner un ordre que la rusée Catalane trouva par trop invraisemblable, car elle sourit en l'exécutant.

Ce que voyant, Inez devint rouge de dépit, et congédia Gaston d'une voix que son regard démentait ; car le seigneur de Rieux se retira à la fois triste et joyeux.

Comme à Guilbert, elle lui avait dit :

— A demain !

Dès qu'il fut parti, la belle Espagnole se dit une seconde fois :

— Il faut en finir !

Après avoir pris cette détermination, elle réfléchit longuement, et termina son examen de conscience par cette exclamation peu concluante :

— Mais lequel ?

La malheureuse ou trop heureuse señora, comme on voudra,

reconnut alors une vérité qu'il lui fut pénible de s'avouer, à savoir qu'elle n'aimait pas moins Gaston que Guilbert, et pas moins Guilbert que Gaston.

L'énergique figure brune de l'un, le doux visage blond de l'autre; la nature joyeuse et décidée de celui-ci, le caractère sentimental et rêveur de celui-là, la charmaient également.

Depuis le jour où, ayant distingué les deux amis dans la foule de ses adorateurs, elle avait pris le parti de les voir séparément, afin de les étudier et de fixer son choix sur l'un d'eux; depuis les deux premières heures où elle avait eu avec Gaston et Guilbert ses deux premières entrevues, en prenant soin de leur faire jurer à chacun le secret le plus absolu vis-à-vis de l'autre, ce double amour avait grandi parallèlement dans son cœur, sans qu'elle pût jamais se déterminer à une préférence.

Toutes réflexions faites, Inez se renversa douloureusement dans son fauteuil, et répéta d'un ton désespéré, en prenant sa tête à deux mains :

— Lequel, mon Dieu, lequel?

— Pourquoi pas tous deux? murmura une voix auprès d'elle.

C'était la camériste catalane.

Inez tressaillit, comme si cette voix eût été un écho de son âme.

— Sortez! dit-elle à la Catalane.

La camériste obéit et la señora se replongea dans ses rêveries. Au bout d'une heure, elle sonna. La Catalane reparut.

— Paquita, lui dit Inez, voici le collier de corail que vous paraissiez convoiter ce matin.

Pour quel service Inez récompensait-t-elle donc Paquita?

Le soir de ce jour, Gaston et Guilbert soupèrent en compagnie de plusieurs jeunes seigneurs. Quand les têtes furent échauffées, chacun parla de ses amours, chacun vanta sa maîtresse.

Guilbert et Gaston ne dirent rien; mais un chevalier toulousain, vantard et menteur comme un gascon, ayant osé se flatter des bonnes grâces de la belle Espagnole, Guilbert et Gaston se levèrent en même temps pour punir le fanfaron.

Ils reconnurent alors qu'ils étaient rivaux, et s'expliquèrent. A la suite de cette explication, ils tirèrent au sort à qui échouerait le devoir de châtier le Toulousain. Le sort désigna Gaston, qui transperça le chevalier d'un coup d'épée.

En suite de quoi les deux amis montèrent seuls dans une barque, et se rendirent dans l'île verdoyante de la Berthalasse, où, après s'être embrassés, ils mirent l'épée à la main, et se battirent à outrance sans haine, sans colère, mais bien décidés à ce que l'un ou l'autre restât sur le gazon, pour laisser au survivant le cœur d'Inez en toute propriété.

Au bout d'un quart d'heure de combat, ils tombèrent tous deux à la renverse; les malheureux s'étaient enferrés.

Gaston n'eut qu'un regret dans ce terrible moment, c'était que Guilbert ne pût profiter de sa mort. Guilbert n'exhala qu'une plainte, c'était que son trépas ne pût être utile à Gaston.

Malgré leur recommandation, des officieux étaient allés prévenir Inez, moitié pour le plaisir de manquer à la parole qu'ils avaient donnée aux deux amis, moitié pour jouir de la confusion de la belle Espagnole.

Elle se transporta désespérée dans l'île de la Berthalasse, et arriva à temps, au dire des uns, pour recevoir les derniers adieux de Gaston et de Guilbert.

Mais certaines personnes assurent que les deux galants ne moururent pas de leurs blessures, et qu'Inez les emmena dans une île de la Méditerranée, où tous trois vivent encore, à l'abri de tous les regards, et dans la plus parfaite intelligence.

---

La marquise de La Croix et Cazotte avaient écouté cette histoire avec la plus profonde attention. Après avoir achevé cette narration, la princesse Ginebra regarda les deux amis en souriant avec malice, et leur demanda s'ils étaient satisfaits.

— Pas le moins du monde, répondit Cazotte; il doit y avoir un autre dénoûment à cette aventure que ces vagues assertions des badauds avignonnais.

— Qu'en pensez-vous, chère princesse, demanda la marquise de La Croix à l'aimable narratrice. Vous devez en savoir plus long que tout ce monde-là sur le compte de la belle Espagnole et des deux cavaliers d'Avignon.

Ginebra, pour toute réponse, montra à ses deux hôtes la peinture qui a amené ce récit.

Elle se balance et se dandine dans les airs

— Oh! oh! dit Cazotte, il y a là-dessous quelque merveilleuse aventure.

— Vous avez raison, répartit la princesse; on ne rencontre pas tous les jours, dans la vie ordinaire, une libellule vêtue d'une jupe rose, portée au ciel par deux papillons.

— Je parie, s'écria la marquise de La Croix, que la science du comte Cipio, votre mari, fut pour quelque chose dans cette gracieuse ascension.

— En effet, chère marquise, dit la dame aux papillons, la science du comte Cipio y fut pour quelque chose.

— Contez-nous cela, madame la princesse, fit Cazotte.

— Je le veux bien, répondit Ginebra.

Et elle reprit son récit en ces termes.

————————

Environ deux ans après cet événement tragique qui avait mis en rumeur tout le Comtat Venaissin, et dont le mystérieux dénoûment alimentait encore les causeries des désœuvrés de la cité avignonnaise, et donnait lieu à mille conjectures plus absurdes les unes que les autres, — car la señora Inez était disparue le soir même du fatal événement, et l'on n'avait pas retrouvé sa trace, non plus que celle des tristes restes laissés sur la pelouse de la Berthalasse, par les âmes des deux valeureux gentilshommes qui s'étaient enferrés réciproquement pour les beaux yeux de l'Espagnole, — Donc, deux ans après, le comte Cipio qui désirait visiter l'ancienne Égypte, dans l'espoir d'y trouver quelque monument de l'ancienne science

magique, oublié ou dédaigné par les voyageurs vulgaires, me
proposa de l'accompagner dans cette excursion orientale. Vous
comprenez que je n'hésitai pas un instant à suivre mon savant
époux dans un tel voyage.

Nous nous embarquâmes à Marseille sur une felouque sici-
lienne qui prenait en France un chargement pour Alexandrie.

En vue de l'île de Rhodes, un calme plat nous surprit; le
capitaine sicilien annonça à ses passagers que toute la science
nautique serait en défaut, si le vent se remettait à nous pousser
vers l'Afrique avant deux fois vingt-quatre heures, et les invita
à profiter de ce retard imposé par la paresse des éléments pour
aller visiter l'île de Rhodes, véritable oasis de verdure dans le
bleu désert des vagues méditerranéennes. Trois coups de canon
et un pavillon rouge hissé au grand mât devaient avertir ceux
qui désireraient rester à terre de l'instant où il faudrait remon-
ter à bord.

Nous acceptâmes avec empressement cette invitation, et deux
heures après un canot de la felouque nous déposait dans le
port.

Le comte Cipio et moi, laissant nos compagnons s'engager
dans les rues de la ville, nous nous hâtâmes de gagner la campagne.

Je vous épargnerai la description des sites ravissants que
nous parcourûmes, des bois d'orangers, des maisonnettes blanches, des ruisseaux bleus de ciel et des coteaux fleuris.

Pour rendre l'image de son paradis plus accessible encore
aux sens de ses croyants, Mahomet aurait dû le placer dans

l'île de Rhodes. Mais Mahomet ne connaissait pas l'île de Rhodes, ce qui l'excuse à mes yeux.

— Et aux miens, dit Cazotte.

Tout à coup, reprit la princesse, au détour d'une colline plantée d'orangers aux pommes d'or, aussi belles pour le moins que celles du jardin des Hespérides, nous aperçûmes une gracieuse maison de marbre blanc surmontée d'une terrasse, et qui nous fit l'effet d'une de ces villas que les princes de la Rome moderne construisent à grands frais autour de la ville éternelle. Une allée de sycomores et de blanches statues conduisait à une vaste pelouse qui s'étendait comme un grand tapis vert devant cette élégante habitation. Un parc immense l'entourait et la cachait comme un nid sous ses feuilles.

La grille était ouverte; nous entrâmes dans l'allée de sycomores, et nous nous dirigeâmes vers la pelouse, espérant que notre qualité d'étrangers ferait excuser la témérité de notre démarche, si les habitants de cet Éden ne nous offraient pas un accueil hospitalier.

Arrivés vers la pelouse, nous aperçûmes, grâce aux bouffées de vent qui soulevaient par intervalles les stores des fenêtres ouvertes des deux chambres latérales du rez-de-chaussée, de riches tentures et des meubles précieux qui décoraient ces deux pièces. Celle de droite était tendue de rose, celle de gauche était tendue de bleu.

En nous haussant sur la pointe des pieds, nous pûmes apercevoir, un peu confusément, il est vrai, un homme couché sur un sopha dans chacune des chambres.

15

Mais bientôt notre attention fut distraite de ces deux personnages qui, du reste, ne semblaient pas le moins du monde s'apercevoir de notre présence, par le bruit que firent en s'ouvrant les deux fenêtres de la chambre du milieu. Nous plongeâmes avidement nos regards dans cette pièce qui devait contenir, à en juger par les chambres voisines, des chefs-d'œuvre d'élégance et d'art... Chose étrange! elle était entièrement tapissée de noir, et ne renfermait que des meubles d'ébène incrustés de larmes d'argent.

Comme nous nous regardions, le comte et moi, étonnés de cette découverte bizarre, un cri se fit entendre, et une jeune fille qui venait sans doute de nous apercevoir pour la première fois, apparut sur le péristyle. Cette jeune fille portait le costume des Catalanes, ce qui fit bondir mon cœur de joie, en trouvant sous mes yeux d'une manière si imprévue un souvenir vivant de ma patrie. »

— C'était Paquita! s'écria la marquise de La Croix.

— C'était Paquita, dit la princesse. A l'aspect du comte Cipio qu'elle avait vu quelquefois à Madrid et à Avignon, chez la señora Inez, Paquita poussa un cri de surprise.

— Vous ici, monsieur le comte! s'écria-t-elle.

— C'est bien moi, mon enfant; mais comment se fait-il que je te retrouve à Rhodes, et qu'est devenue ta maîtresse? l'aurais-tu quittée, ou d'aventure cette pauvre señora, dont on ignore la destinée, serait-elle venue s'enfermer dans cette île?

— Entrez, Monseigneur, dit Paquita, vous allez tout savoir. En attendant le retour de ma maîtresse qui est allée cueillir des fleurs pour les deux cavaliers, dans le fond du parc, car c'est aujourd'hui le jour des fleurs des bois, j'aurai le temps de vous conter notre malheureuse histoire ; ce sera pour moi un grand soulagement. Il y a si longtemps que je n'ai parlé ! car la señora Inez ne me permet plus que .des monosyllabes, et encore dans les occasions solennelles.

Ces mots ne firent qu'accroître notre curiosité, et nous entrâmes dans la chambre noire, où nous introduisit Paquita.

Ainsi que je l'ai dit, tous les meubles de cette chambre étaient d'ébène incrusté de larmes d'argent. Au milieu de cette grande salle, le lit de la señora, entouré de ses vastes draperies noires, ressemblait à un immense catafalque.

Des deux côtés, des portes vitrées laissaient apercevoir les jolies chambres bleue et rose. Rien n'était triste comme le contraste de ces deux pièces si fraîches, si élégantes, si joyeusement coquettes, avec cette lugubre chambre de deuil.

Nous nous étions avancés, chacun de notre côté, le comte et moi, pour en examiner tous les détails, et surtout pour voir de plus près les deux cavaliers qui reposaient sur les sophas, lorsque tout à coup nous nous retournâmes en même temps en jetant un cri d'étonnement et d'effroi.

A l'immobilité de ces hommes, à la raideur de leurs membres, à la fixité de leurs regards, nous avions reconnu qu'ils étaient morts.

Ces deux hommes étaient Gaston de Rieux et Guilbert de Mont-Réal. Inez, après avoir reçu leur dernier soupir, avait fait enlever leurs corps de l'île avignonnaise ; un savant médecin les avait embaumés de manière à ce qu'ils conservassent éternellement leurs formes et leurs traits, et la señora était venue s'enfermer dans l'île de Rhodes, où elle possédait depuis quelques années cette charmante habitation, emportant avec elle ces pâles figures, au culte desquelles elle voulait consacrer le reste de ses jours.

Elle leur fit préparer ces deux chambres coquettes, où ils semblent reposer sur un divan de soie, et fit tendre pour elle-même ces draperies noires, image du deuil éternel de son âme.

Tous les soirs elle brûle des parfums nouveaux dans les chambres de ses deux galants; tous les matins elle remplace par des fleurs nouvelles les fleurs qu'elle leur a cueillies la veille, tantôt dans les riches corbeilles de son parterre, tantôt dans les prés, tantôt dans les champs, tantôt dans les bois.

Nulle autre ne peut se charger de ces soins; personne ne pénètre dans ces gracieuses chambres qu'habite la mort. Elle passe ainsi ses jours auprès de ces deux froides figures, allant de l'une à l'autre, s'asseyant au pied des sophas sur un coussin de velours, contemplant tour à tour ces beaux visages endormis, et, chose étrange, elle ne peut décider encore quel est celui qu'elle pleure le plus. Absorbée dans sa douleur devant le doux visage de Gaston ou devant les traits hardis de Guilbert, elle cherche vainement à mesurer l'intensité du chagrin qu'elle éprouve : elle ne peut trouver une préférence dans ses regrets, non plus que dans ses souvenirs.

Comme Paquita achevait ce récit qui nous avait vivement intéressés, nous vîmes entrer la señora tenant à chaque main un bouquet de violettes, de frais muguets et de myosotis.

Elle nous fit un accueil affable, quoiqu'un peu triste.

— Ma chère señora, lui dit le comte Cipio, comptez-vous mener toujours une pareille vie?

— Jusqu'à ce que la mort me réunisse à'eux, répondit-elle.

— Cela pourra durer longtemps, fit observer le comte.

— Je le sais, dit Inez, et c'est ce qui me désespère.

— Bah! fit mon époux d'un ton léger qui m'étonna, vous vous lasserez de cette existence monotone et de ces regrets stériles.

— Jamais! s'écria-t-elle avec un tel accent de conviction que le doute devenait impossible. Oh! si le suicide n'était pas un crime, je les aurais déjà rejoints dans ce monde inconnu où ils m'attendent. O Gaston! ô Guilbert! quelquefois je me figure que vos âmes animent quelqu'un de ces beaux oiseaux ou de ces brillants insectes qui voltigent autour de moi dans le parc, et je voudrais avoir des ailes pour m'envoler avec vous.

— L'auriez-vous désiré réellement? demanda le comte Cipio.

— Ah! de toute mon âme.

— En ce cas, Inez de Castelja, bénissez mon arrivée dans cette île; car par moi vos vœux peuvent être satisfaits.

— Il serait possible! s'écria-t-elle.

— Fiancée aux deux amours, reprit le comte, revêtez vos plus belles parures; je vais vous ouvrir l'empire des airs, et, sous une forme nouvelle, vous réunir à vos deux amants.

Inez stupéfaite obéit, et revint au bout d'une heure revêtue de ses plus riches atours.

— Êtes-vous toujours décidée? lui demanda le comte.

— Toujours, répondit-elle.

Alors Cipio prit dans une boîte d'écaille une pincée de poudre qu'il posa sur le front de Guilbert, et se rendant près de Gaston, il lui en posa également quelques grains sur le front.

Inez et moi le regardions étonnées. Tout à coup nous vîmes les deux cavaliers se dissoudre comme par l'effet d'une combustion intérieure. Bientôt il ne resta plus d'autre trace de leur présence qu'un amas de cendre grise, puis de cette poussière sortirent deux beaux papillons qui vinrent voltiger autour de la belle Inez. Celle-ci était tombée à genoux.

— Gaston !.... Guilbert !.... s'écria-t-elle.

— Encore une fois, lui dit le comte, voulez-vous les suivre ?

— Si je le veux !...

— Qu'il soit fait selon votre désir.

Tirant de sa poche un flacon qui contenait une huile rougeâtre, mon époux versa un peu de cette liqueur sur la tête de la señora. Alors, comme par un coup de baguette magique, madame de Castelja disparut, et je n'aperçus plus qu'une belle libellule qui jouait avec les deux papillons. Bientôt ils s'échappèrent, et je descendis sur la pelouse pour les suivre du regard. Ils avaient déjà volé bien haut, mais je pus les apercevoir encore. La libellule se balançait mollement dans les airs ; et, comme s'ils eussent craint que ses ailes ne fussent impuissantes à la porter, les deux porte-queue s'efforçaient de la soutenir.

Les trois coups de canon se firent entendre.

Nous nous rembarquâmes, et je n'entendis plus parler de la belle Espagnole.

Bien qu'habitué depuis longtemps à vivre dans un milieu fantastique et surnaturel, et par conséquent à ne pas s'impressionner facilement, Cazotte passa une nuit à peu près blanche.

Les merveilleux récits et les non moins merveilleuses aventures de la dame aux papillons ouvraient à l'imagination du poëte et à la science du voyant des horizons tout nouveaux.

Irrité de cette persistante insomnie, et voulant mettre un terme aux élans désordonnés de son imagination qui abusait du repos de son corps pour entraîner son esprit dans les espaces fantastiques, il se leva au point du jour, sortit du château et prit à tâche de s'égarer dans la campagne.

Il y réussit si parfaitement, que les rayons du soleil tombaient perpendiculairement sur sa tête, lorsqu'il rentra pour déjeûner.

La princesse et la marquise qui s'étaient acquittées depuis longtemps déjà de cette fonction conservatrice, étaient descendues dans le jardin, où, à l'ombre impénétrable d'une épaisse charmille, elles s'entretenaient sans doute des bons souvenirs de leur vieille amitié.

Cazotte ne voulut pas interrompre ces douces causeries, et, son repas achevé, il entra dans le salon où il se livra de nouveau à la muette contemplation de ces peintures étranges qui excitaient bien davantage encore sa curiosité depuis qu'il avait pénétré déjà quelques-uns de leurs mystères.

Bientôt son attention se fixa principalement sur une petite

toile qui représentait un jeune homme et une jeune femme
en costume du temps, pourvus d'ailes brillantes et qui
semblaient se livrer avec un égal plaisir à l'exercice de la
danse.

— Parbleu! s'écria Cazotte, j'ai rencontré quelque part
dans le monde la figure de ce garçon-là.

— Vous ne vous trompez pas, dit la princesse qui venait
d'arriver, et avait entendu l'exclamation de son hôte. Ce
jeune seigneur, en effet, a vécu quelque temps à la cour
de Versailles, jusqu'au moment où une triste mésaventure,
à laquelle je ne suis pas étrangère, le chassa du monde. Ce
soir, je vous conterai cette lamentable histoire. Vous verrez
de quels malheurs on peut être cause en coupant des ailes
mal à propos.

Le soir venu et les bougies allumées, Cazotte somma la
princesse de tenir sa parole, et, après un regard préliminaire
jeté sur ses auditeurs, pour s'assurer de leur attention, la
dame aux papillons commença son récit.

# DEUX
# AILES COUPÉES

## MAL A PROPOS

*Zygène du Languedoc. — Morphe Adonis.*

Tous les Andalous sont poètes; ils pincent tous de la guitare assez
pour chanter les louanges de leurs belles sous les balcons.

# DEUX

# AILES COUPÉES

## MAL A PROPOS

—<❦>—

Le Régent venait, par sa mort, de laisser le gouvernement à M. le Duc, c'est ainsi qu'on appelait le duc de Bourbon. Ce prince partageait le pouvoir avec la fameuse marquise de Prie, et tous les deux faisaient de grands efforts pour prolonger leur quasi-royauté.

Dans ce but ils avaient donné pour femme à Louis XV, à peine âgé de quatorze ans, la fille de l'infortuné Stanislas Leksinski, afin de conserver, par la reconnaissance de la reine, leur influence sur l'esprit du jeune roi. Le calcul était bon; s'il ne réussit pas, ce fut uniquement parce que ces deux complices manquèrent de prudence et firent trop tôt paraître l'étendue de leurs prétentions.

Un des moyens le plus communément employés par les

17

régents et régentes, pour arracher l'héritier d'un trône aux
préoccupations politiques, est de l'entourer de plaisirs et de
bruyante oisiveté. M. le duc n'innova rien : il agit comme
ses devanciers. Louis XV, éloigné des affaires, passait sa
vie à la chasse et trouvait des distractions dans les fêtes
qu'on multipliait sous ses pas, à Chantilly, à Rambouillet
et à Marly.

A cette époque, dix ans s'étaient déjà écoulés depuis la
disparition de mon second mari; je n'étais cependant pas
encore retirée du monde. Une fonction presque maternelle
à remplir m'avait même forcée à rentrer pour quelque temps
encore dans le tourbillon. L'éducation de ce beau danseur
aux ailes bleues, qui vous intéresse en ce moment, vint
réclamer tous mes soins.

Je ne pense pas que vous vous rappeliez son nom; car
il n'a fait que passer à la cour, et c'est à peine si on eut le
temps de l'y remarquer.

Il se nommait don Juan de Tendilla. Le vieux duc, son père,
venait de mourir, quand on m'envoya pour le former, ce
jeune sauvage qui n'avait jamais quitté la partie des domaines
de sa maison, perdue dans les montagnes de l'Alpujarra.
Certes, on m'avait confié là une tâche bien difficile, si difficile que toute autre à ma place eût désespéré de la conduire
à bien.

Il y avait tout à refaire dans mon pauvre cousin don
Juan, le physique et le moral.

Il fallait transformer en lui l'âme et le corps; car le tout était aussi inculte que chez *le Huron* frais débarqué sur les côtes de Bretagne dont M. de Voltaire nous a si gaiement conté l'histoire.

Lorsque ce garçon-là descendit chez moi, il était vêtu de neuf de la tête aux pieds, et sa valise ne contenait que des vêtements dont le drap et la soie n'avaient jamais paré ses membres de dix-neuf ans. Sa mère avait cru devoir se mettre en frais pour essayer de l'orner; elle avait même joint à ce trousseau une superbe perruque à la Louis XIV, dont il laissait les boucles s'emmêler à leur fantaisie au fond d'une de ses caisses.

Comme vous pouvez l'imaginer, ce riche butin était taillé de façon à faire pouffer de rire un conseiller du parlement; si je l'avais laissé sortir accoutré avec ces chefs-d'œuvre à la mode de son pays, il était perdu sans retour à Versailles.

Un seul trait vous indiquera le bon goût de cette garde-robe de Visigoth. Sur le dos d'un long pourpoint de velours raide dont la coupe rappelait l'antique souquenille, le tailleur andaloux avait appliqué une broderie en cordonnet large, représentant tant bien que mal un citronnier.

Toutes ces nouveautés s'en allèrent le soir même à la friperie; je fis venir le tailleur à la mode et le coiffeur le plus couru; car sa tête présentait l'aspect hérissé d'une brosse à la Charles-Quint, et grâce à ma diligence, il put sortir incognito le surlendemain de son arrivée. Je dis incognito; en effet, il n'avait encore que ses habits à présenter.

Ma tante m'avait écrit qu'il s'exprimait en français avec aisance. Quelle erreur maternelle! C'est à peine s'il put arracher de sa rauque poitrine un bonjour compréhensible. Du reste, une figure raide et couleur d'éponge, des traits immobiles et des yeux enfoncés, des gestes gauches, une parole brève et souvent malhonnête, une timidité sans bornes, qui se trahissait sous les apparences du mutisme et de la dureté.

A table, il mettait, comme les Moresques, la main au plat, il se mouchait dans sa serviette, il renversait la sauce et le vin sur la nappe, et se permettait beaucoup d'autres rusticités. Au salon, il se sauvait lorsqu'on annonçait des dames, ou ne les saluait pas et ne répondait rien à leurs paroles aimables, quand il était forcé de rester.

Voilà quel était mon cousin don Juan de Tendilla.

Après avoir sondé la profondeur du mal, je guettai avec soin les germes de ses bonnes qualités. Je m'aperçus tout d'abord qu'il était doué d'une forte dose d'amour-propre et de susceptibilité. S'il semblait détester la compagnie, c'était uniquement parce qu'il était humilié de donner des spectateurs à sa gaucherie.

D'un naturel ardent et passionné, loin de la fuir, il eût avidement recherché la société des femmes s'il eût espéré s'y voir applaudir, s'il eût su comment s'y prendre pour imiter les manières élégantes qui font si bien venir auprès d'elles MM. de Boufflers et de Richelieu.

En possession de ces deux secrets, je me mis à l'œuvre

avec plus de sécurité. Je me servis surtout de sa vanité comme d'un excellent levier pour manœuvrer ce caractère sauvage. Avant qu'il eût mérité des éloges, je lui en adressai pour lui prouver qu'il n'était pas impossible à lui d'en obtenir; mais la plupart du temps j'avais soin d'en relever le prix imaginaire en les attribuant à ma plus jolie visiteuse de la journée.

Or, il fallait voir comme il mordait à l'amorce quand je lui disais :

— Don Juan, mademoiselle de Conflans vous a trouvé gracieux aujourd'hui; elle m'a déclaré que vous aviez un charmant sourire et des yeux pleins d'expression.

Ou bien :

— Madame de Beauveau a été charmée de votre nouvelle prononciation; elle prétend que vous auriez beaucoup d'esprit si le français vous était plus familier.

Ou bien encore :

— Mon cher enfant, savez-vous que la marquise de Presles a remarqué votre taille élégante et le goût de votre mise? Si vous vous abandonniez un peu plus à votre heureux naturel, tout le monde serait de cet avis, n'en doutez pas.

A la suite de ces compliments, don Juan ne manquait jamais de porter son attention sur la partie de son éducation qui en était l'objet. Stimulé ainsi, ses progrès furent rapides, et trois mois après son arrivée à Versailles, la duchesse, sa mère, eût eu peine à le reconnaître, tant il était changé à son avantage.

18

Il y eut, il est vrai, à la rapidité de cette métamorphose une cause puissante à laquelle je ne m'étais guère attendue; malgré la menace prochaine de mes quarante ans, don Juan devint amoureux de moi.

Même aujourd'hui, où cette histoire n'est plus rien qu'un souvenir, je n'attribuerai pas à mon seul mérite la passion que j'inspirai à mon jeune cousin. Je puis bien l'avouer cependant, j'étais encore belle; mes bras, mes mains et mes épaules étaient irréprochables; l'abus du rouge ne m'avait pas ridé les joues, et l'usage immodéré des *corps* ne m'avait point gâté la taille. Mais tout cela aurait-il suffi pour faire tourner la tête à don Juan?

Je ne le crois pas; la meilleure explication à son amour est ailleurs. Un adolescent trempé comme l'était mon cousin de Tendilla devient inévitablement amoureux de la première femme qui se trouve journellement à la portée de ses désirs; il ne changea donc rien à la coutume de ses émules de vingt ans en se passionnant momentanément pour moi.

J'étais la seule femme sur laquelle le jeune montagnard osât hardiment lever les yeux, la seule à laquelle il se permit de parler familièrement et sans trembler. Et puis, je vous l'ai dit, je me faisais une messagère de douces paroles; j'inventais mille flatteries agréables dans l'intérêt de son avancement en civilisation.

En comparant les perpétuelles attentions dont il était l'objet de ma part avec l'indifférence complète des autres, on comprend qu'il dut m'adorer; eh bien, il m'adora.

Ce beau feu aidait trop à la réussite de l'œuvre que la spiri-
tuelle duchesse de Tendilla avait confiée à mon zèle, pour que
j'essayasse d'y jeter de l'eau. Qui sait d'ailleurs si cette mère
expérimentée n'avait pas tout prévu? Je n'effarouchai donc pas
l'amour de don Juan, et pour mieux le pétrir je le laissai
m'aimer.

N'est-ce pas d'ailleurs la tâche légitime d'une femme,
l'âge que j'avais, libre comme je l'étais, d'employer les dix
dernières années de sa puissance féminine à développer dans
les jeunes chrysalides humaines nouvellement écloses la
souplesse du corselet, les belles façons de voltiger, la manière
d'entretenir les couleurs assorties des ailes, le bon goût et
l'habileté dans le choix des fleurs où leurs jeunes instincts
doivent les pousser un jour.

En approchant de la quarantaine, la fraîcheur veloutée
du teint, l'exquise irréprochabilité de la forme, la svelte
légèreté des contours, toutes ces splendeurs du jeune âge
s'atténuent sensiblement en nous.

Mais à la perte de ces délicates primeurs nous avons une
ample compensation. Notre lot a une autre richesse; il se
compose d'une habitude merveilleuse de la vie, d'une science
parfaite du cœur, d'un tact exquis de langage, d'un bon goût
de manières, d'un art de mise en scène qui rendent capables
de triompher des plus jeunes, celles d'entre nous dont la saga-
cité sait mettre tous ces trésors à profit.

Toutes les qualités d'esprit qui font la force de notre
sexe nous restent, enrichies, étendues, complétées; elles sont

alors plus puissantes qu'à aucune autre époque de notre vie.

Notre beauté fortement épanouie ressemble à une fleur dont la corolle s'étale dans tout son éclat avant de s'effeuiller. Elle plaît ainsi à ceux qui aiment les parfums vigoureux et les chaudes couleurs. Elle plairait bien plus encore, on l'avouerait du moins bien plus sincèrement, si le goût du grand nombre n'était influencé par les fades refrains de nos poëtes modernes, dont la verve de convention ne chante que des Chloris de quatorze ans.

Grâce à nos faiseurs de petits vers, on n'ose plus croire à la vérité de ces grandes passions qu'allumaient dans le cœur des héros les illustres matrones chantées par Homère et les classiques grecs.

Certes le père des beaux poëmes, quand il donnait une cour de soupirants à Pénélope attendant depuis vingt ans au moins le retour de son aventureux mari; Henri II, lorsqu'il préférait l'âge mûr de Diane à la jeunesse éclatante de l'Italienne Catherine, son épouse officielle; Titien, peignant ses deux Vénus couchées que l'on admire dans la galerie des *Offices*, à Florence, étaient tous les trois des maîtres infiniment experts dans la science des passions. Ils savaient bien, eux, tout le prix d'une femme qui a su conserver sa beauté jusqu'à l'âge où don Juan de Tendilla s'avisa, par désœuvrement, de s'éprendre de moi.

Je ne fus donc ni surprise ni fâchée d'avoir dompté ostensiblement ce farouche échappé des montagnes, qui semblait mépriser tout le monde. On sourit de ce premier résultat; je n'y pris garde; on en glosa, je n'en tins compte, et l'on finit par s'y habituer.

Du reste, je savais bien qu'il me serait toujours possible de rompre à ma fantaisie le charme qui me le livrait. J'étais assurée de pouvoir, quand le moment me semblerait venu, détourner à mon gré ce papillon dont je faisais battre les ailes. Or, ce moment était celui où je verrais don Juan assez accompli pour être présenté aux fêtes de la jeune cour.

Je me mis donc avec zèle et conscience à cette difficile éducation. Je me fis sa maîtresse de langue, sa maîtresse de propreté, sa maîtresse de gracieuseté; je lui enseignai toutes ces inappréciables inutilités mondaines qui distinguent le gentilhomme du rustre et du manant.

De tout ce que je lui enseignai, ce qui lui plut davantage, ce fut la danse. Je n'eus pas de peine à lui donner dans cet exercice de l'animation et de la physionomie; je le trouvai cette fois beaucoup trop hardi et expressif. Il avait rapporté de son pays une ardeur toute espagnole et des pas chorégraphiques d'une originalité par trop sans frein.

Les figures françaises lui paraissaient calmes et d'une sobriété de gestes insupportable. C'est pourquoi je fus obligée, pour ne pas le décourager dans ses études du bon ton, d'entremêler dans les commencements les gaietés du menuet et de la gavotte des frénésies du fandango et de la cachucha, que je n'avais pas tout à fait oubliées.

Un jour, entre autres, j'avais bien voulu condescendre à flatter ses souvenirs nationaux; j'avais accepté de lui une

19

paire de castagnettes d'ébène, et tous deux nous exécutions
un bolero castillan sur le gazon de mon jardin. Nous nous
croyions entièrement seuls et à l'abri de tout regard profane,
lorsqu'un éclat de rire à échos nous fit tressaillir autrement
qu'en mesure.

— Eh bien! s'écria une joyeuse voix d'homme, eh bien,
mesdames, qui souteniez que la princesse Ginebra dressait
à la dévotion son jeune compatriote, qu'en dites-vous?

Les dames auxquelles s'adressait ainsi le comte de Riom,
neveu du fameux Lauzun, étaient l'une des filles du Régent,
la charmante et très-mondaine abbesse de Chelles, et la
marquise de Mouchy. En reconnaissant ces trois témoins de
nos plaisirs, je perdis presque contenance de dépit; car
c'étaient trois des plus mauvaises langues de cette collection
de médisants qui florissait sous le feu duc.

— Que nous ne vous dérangions pas, madame, vous et votre
beau cousin; vous occupiez, disait-on, la retraite de don Juan
à la pénitence; nous sommes heureux qu'il n'en soit rien.

— Je vous l'avais bien dit, fit en grasseyant la marquise
de Mouchy, sautiller et danser était leur plus attrayante
occupation.

— Dites leur plus grave, madame, dis-je en me remettant.
Je suis la maîtresse de danse de don Juan; je prépare son
entrée dans le monde. Cette danse bizarre que nous exécutions quand vous nous avez surpris est une réminiscence
d'Espagne, une des dernières fantaisies un peu sauvages de
mon jeune cousin.

Cet incident, si naturel qu'il fût, commenté par ces nobles commères et par le favori de la duchesse de Berry, vint réveiller les commentaires sur la retraite dans laquelle je tenais l'héritier des Tendilla.

Je ne pouvais plus tarder davantage à le produire. Heureusement l'amour qu'il avait pour moi l'avait métamorphosé comme par enchantement, et l'Andalousie elle-même eût eu peine à reconnaître maintenant en lui le montagnard farouche dont elle m'avait fait cadeau.

Entre les nouveaux talents qu'il avait acquis sous mon patronage, je n'oublierai pas celui de tourner passablement un madrigal. Tous les Andalous sont poëtes; ils pincent tous de la guitare, assez pour chanter les louanges de leurs belles sous les balcons; tout le monde sait cela; M. Le Sage nous en a assez rabattu les oreilles.

Cependant il y a une grande distance entre les rimes faciles des romanciers espagnols et les vers aux règles sans nombre des faiseurs de madrigaux français. Aussi mon apprenti poëte fit-il d'abord des bouts-rimés détestables; mais, pour me plaire, il persista dans ce travail, qui fait si bien venir des dames d'aujourd'hui. Il finit par faire accorder la rime et la raison.

Quelques mois après son arrivée, voici ce que je lui avais improvisé sur sa passion pour moi. Je le donne sans prétention, comme je le fis, et seulement pour amener la réponse de don Juan.

### GINEBRA A DON JUAN.

Vraiment ! y pensez-vous, don Juan, de m'aimer ?
Ne voyez-vous donc pas que ma beauté décline ?
Je serais votre mère aisément, j'imagine.
Allons, beau papillon, songez à vous calmer,
Ou d'une aile rapide allez chez Mélusine,
La prier de changer votre vieille cousine,
Dont les yeux ni le teint n'ont plus de quoi charmer.

Trois jours après, don Juan me rapporta, sur la même mesure, les vers suivants :

### DON JUAN A GINEBRA.

Votre miroir, cousine, est en mauvais état,
Puisqu'il vous dit sur vous de si vilaines choses ;
Laissez là Mélusine et ses métamorphoses.
Si je suis papillon, j'ai le goût délicat ;
J'aime, pour m'y poser, les corolles écloses,
Et pour moi les boutons, les plus frais, les plus roses,
N'ont pas assez de miel, de parfum, ni d'éclat.

Vous le voyez, don Juan était mûr pour le monde. Il y avait huit mois que je l'élevais ainsi en serre-chaude ; je me décidai enfin à accomplir jusqu'au bout ma tâche : je renonçai courageusement à ma conquête et me résolus à l'émanciper. Je le mis alors sous le patronage du duc d'Antin, qui, ayant été choisi avec le marquis de Beauveau pour ramener la jeune reine en France, se trouvait au comble de la faveur.

Il fut présenté et réussit.

Pour le coup, mon Huron était véritablement transformé; lui qui n'osait autrefois lever les yeux sur les femmes leur faisait maintenant, et sans trop rougir, des avances et des compliments bien tournés. Son teint brun s'était éclairci, et ses membres naguère si raides étaient devenus souples, au point qu'il figurait avec avantage dans un menuet.

Sa vanité n'ayant plus d'ombrage et sa susceptibilité apaisée, le côté passionné de son caractère n'eut plus de contrepoids; il laissa voir le naturel ardent de l'Andalous avec les grâces du Français de cette époque. Sa sauvagerie farouche m'avait fait craindre pour son avenir; cette fois, je tremblais bien davantage en le voyant d'une aussi audacieuse galanterie.

On se trouvait dans la belle saison, et les parties de plaisir, si fréquemment répétées par les soins politiques de M. le duc, avaient toutes un côté champêtre. On dressait les tables sur les vastes pelouses des châteaux royaux, et lorsque la chaleur était tombée, on dansait pastoralement sur le gazon.

Cette manière presque enfantine et villageoise de tenir sa cour enchantait le jeune couple royal, surtout la reine Marie, qui avait des goûts fort simples. Mais sous cette apparence de candide bergerie, le diable savait trouver son compte. Bien que Louis XV fût encore la perle des tourtereaux fidèles, il y avait dans toute cette brillante jeunesse bien des têtes vives et des cœurs tendres, et don Juan ne tarda guère à se distinguer parmi ces derniers.

Le mauvais sujet tombait régulièrement amoureux de toutes

20

ses danseuses, et il se gênait si peu pour le leur témoigner, qu'il
fit tressaillir d'aise et chuchotter quelques vieux compagnons
du régent, introduits en fraude dans ces printanières réunions.

Le comte de Belle-Isle me prédit un jour qu'il ferait, auprès
des dames, le plus grand honneur à son pays.

Cela voulait dire, en bon français, que mes soins n'avaient
réussi qu'à produire un amant volage et un libertin. Je n'étais
assurément pas jalouse, mais je fus choquée de l'horoscope
tirée par le vieux comte en l'honneur de mon protégé.

Vous le savez, j'aime les amants et les maris fidèles ; toutes
ces ailes que j'ai impitoyablement coupées vous garantissent
la sincérité de ma prédilection. Je jurai donc que don Juan
serait un modèle de fidélité ; d'ailleurs, il faut le dire, j'avais
sur lui des projets de mariage et des projets d'une haute
ambition.

Il est des occasions de fortune qu'il faut savoir saisir aux
cheveux ; l'heureux fils de ma tante, la duchesse de Tendilla,
avait attiré sur lui les regards de mademoiselle de Clermont,
princesse du sang, sœur du duc de Bourbon, et surintendante
de la maison de la reine ; or, malgré ses vingt ans, je résolus
de profiter de ce caprice haut placé pour en faire un fidèle
mari.

Dans cette intention, je me mis à souffler le feu dans les
cœurs de ces fiancés de ma pensée. Je préparais des occasions
de rapprochement ; je faisais auprès de chacun d'eux ressortir
leurs mutuels agréments : je parlais de don Juan à la princesse,
de la princesse à don Juan, sans y mettre aucune affectation.

Le moyen que j'employais surtout pour rallier tout à fait mon cousin à ce beau plan fut de le faire danser souvent avec mademoiselle de Clermont, souple, grande, fine, aux formes pleines et correctes, mélodieuse dans la voix et voluptueuse dans les manières.

En effet, chaque fois que don Juan avait dansé avec sa ravissante conquête, il était lui-même embrasé d'amour pour elle.

Malheureusement, cet effet flamboyant se produisait tout aussi bien avec mademoiselle de La Vrillière, avec mademoiselle de Villeroi, ou même avec une femme déjà mariée, qu'avec la belle princesse que je lui destinais. La danse lui tournait la tête; il ne pouvait prendre les mains, serrer la taille, arrêter son regard sur les yeux d'aucune femme sans être ébloui et affolé, et pourtant on ne danse pas sans toutes ces gentillesses.

Je dus donc me résoudre à faire usage de mon pouvoir mystérieux pour le fixer sans retour. Je voulus voir de mes yeux palpiter ses désirs de vingt ans, et je vis aussitôt mon volage cousin orné d'une paire d'ailes diaphanes teintes en bleu d'outre-mer parfaitement nuancées, telles que vous le voyez dans ce portrait au pastel; je l'ai moi-même peint de souvenir.

Cet enchantement accompli, le reste n'était rien; je vis bien encore ces deux voiles du désir s'agiter sous le regard des jolies danseuses qui se succédaient; mais je ne m'en inquiétais plus, bien sûre que j'étais de les maîtriser. Une seule crainte

me restait : M. le duc accepterait-il don Juan pour beau-
frère? Ce n'était pas, à vrai dire, une mésalliance; la maison
de Tendilla comptait des princes souverains dans ses ancêtres,
et puis don Juan, grand d'Espagne, n'avait-il pas le droit de
se couvrir devant Sa Majesté catholique, en véritable égal de
son propre roi. Le résultat de mes réflexions fut que si mon
cousin répondait à l'amour de mademoiselle de Clermont,
l'affaire serait à moitié faite.

Un jour M. le duc donnait une fête au jeune couple cou-
ronné, dans son propre château de Chantilly. Le soir venu,
il vint à la reine la fantaisie de faire un tour de valse aux
flambeaux dans le rond-point du parc. Cette danse allemande
lui plaisait, c'était presque une importation de son pays.
Chacun applaudit, et, un instant après, cinquantes groupes,
pleins d'ardeur et de jeunesse, tourbillonnaient enlacés sur les
tapis de paquerettes.

L'un de ces couples était formé par don Juan et mademoiselle
de Clermont. Ce fut celui qui m'occupa tout entière.

Certes si le menuet enivrait don Juan, jugez de l'effet
produit par ce tourbillon vertigineux, qui émeut si profondément les sens les plus blasés. Il était fou de plaisir et
haletant de volupté.

Je n'avais pas besoin, pour surprendre en ce moment ses
amoureux désirs, de faire un bien grand effort; ma singulière
faculté d'intuition n'eut pas à se fatiguer beaucoup pour
deviner les pensées du fils passionné de la duchesse de Tendilla.

Un regard ordinaire eût suffi pour découvrir un pareil

secret. Son œil brillant ne quittait pas les yeux bleus et tendres de sa belle valseuse; sa tête penchée sur elle, sa bouche entr'ouverte et sa poitrine haletante semblaient aspirer l'âme de la sœur de M. le duc.

Du reste, la noble fille de sang royal partageait cette brûlante émotion : son corps souple semblait plier sous le poids de son ivresse; appuyée sur le bras robuste du jeune Espagnol, elle serait tombée sur le gazon, si quelque volonté les eût séparés brusquement.

Fascinée, allanguie sous le regard de flamme de don Juan, elle lui laissait tout le soin de l'entraîner. Elle ne sentait plus son corps et ne voyait plus rien de ce qui l'entourait : les couples bruyants, les arbres, les allées, les lumières avaient disparu à ses yeux. Son âme se trouvait transportée dans un monde idéal, où rien n'existait plus pour elle que l'amour de don Juan.

Inutile de dire que, pour mieux les observer, je refusai de prendre part à la valse. Mon intention était de ne pas les perdre des yeux, et de préparer, à l'intention du volage amant, mes aiguilles d'or et mes mystérieux ciseaux.

L'heureux couple tourbillonna quelque temps dans le rond-point où était placé l'orchestre; puis il voltigea comme les autres dans les allées adjacentes, d'où je pouvais aisément les suivre. Peu à peu cependant leurs excursions dans les allées devinrent plus aventureuses; ils mettaient plus de temps à repasser devant mes yeux. A la fin, je les perdis complétement de vue.

21

Comme je ne les voyais pas revenir, je devins inquiète :
don Juan était si jeune, et mademoiselle de Clermont si éprise
de lui! Je craignis une imprudence; j'eus peur que des yeux
jaloux, et il n'en manquait pas, ne guettassent un scandale
pour perdre mon protégé.

Cette absence seule suffisait, si elle était remarquée, pour
donner sujet à de méchants propos qui gâteraient tous mes
projets, venant aux oreilles du duc de Bourbon.

Je me mis donc à leur poursuite, du côté où je les avais vus
disparaître. J'allai regardant tous les valseurs qui me frôlaient
en volant, comme des phalènes, sous les grands arbres du
parc. Je ne reconnus dans aucun d'eux mes deux papillons
préférés. J'allai toujours, et me trouvai bientôt à la limite de
la fête. Personne ne riait et ne sautillait plus autour de moi.

Mon inquiétude était au comble. Où pouvaient être allés
mes deux chers imprudents? Je me mis alors à appeler à
voix basse mon étourdi de cousin. Mais quel ne fut pas mon
étonnement d'entendre à deux pas de moi ce même comte de
Riom qui nous avait surpris dansant un boléro.

— Ah! jalouse! me dit-il, je me doutais bien que vous
étiez toujours amoureuse de votre élève, au lieu de l'être
de moi.

— Monsieur le comte, dis-je en rougissant dans l'obscu-
rité, vous plaisantez là bien mal à propos; je suis presque
une mère pour don Juan, et je crains qu'il ne se soit
égaré...

Le comte partit d'un éclat de rire qui sentait le champagne. A propos de lui, j'avais oublié de vous dire que depuis quelques semaines il disait avoir pour moi un goût très-vif, presque une passion.

— Ah! chère princesse, soyez plus franche, et avouez-le-moi; vous pensiez qu'il devisait solitairement avec mademoiselle de Clermont, et vous veniez le dégager des piéges de cette enchanteresse. Tranquillisez-vous donc, car je le quitte à l'instant.

— Vraiment! Où était-il?

— Sur un banc de gazon, dans le rond-point du parc, s'essuyant le visage, et se préparant à reprendre un autre tour de valse avec une autre danseuse que la ravissante sœur de M. le duc.

— Avec une autre que mademoiselle de Clermont! m'écriai-je involontairement; s'il danse ce soir avec une autre, tout est perdu !

Je laissai le comte étourdi de cette exclamation, qui renversait ses conjectures, et je courus à la hâte retrouver le volage don Juan.

Le comte avait dit vrai; je trouvai mon cousin de Tendilla en proie aux projets de tentation faits sur lui par Canillac, qui lui faisait remarquer mademoiselle de Presles et l'engageait à danser avec elle. Ce libertin l'assurait que cette dernière ne le voyait pas d'un œil indifférent.

— Je suis écrasé de fatigue, disait don Juan; Vénus en personne me prierait de braver la chaleur pour ses beaux yeux que je ferais, je crois, la sourde oreille.

— Je ne vous reconnais plus ce soir, mon cher don Juan.

— Mon cher Canillac, laissez-moi au moins me reposer un moment, nous verrons après.

— Ne remarquez-vous pas tout le piquant que donne à la physionomie de mademoiselle de Presles ses yeux noirs et ses sourcils bruns?

— Je trouve plus de sentiment et de tendresse dans les yeux bleus.

— Je ne suis pas de votre avis; tenez, par exemple, reprit le chevalier de Canillac sans se décourager, le regard *amoroso* de mademoiselle de Clermont a une expression de langueur qui me fait bâiller.

Don Juan ne répondit rien, la pudeur d'un amour déjà sérieux ou peut-être aussi le respect humain, en face d'un railleur de la force de Canillac, lui ferma la bouche; mais sa figure tournée avec admiration vers la sœur de M. le duc parlait pour lui.

— Si j'avais été assez heureux, reprit le tentateur, pour attirer sur moi l'attention de ces deux femmes, mon choix ne serait certes pas douteux.

Le motif qui pressait ainsi le chevalier à jeter mon jeune parent dans les bras de mademoiselle de Presles, c'est que lui-même avait osé jeter les yeux sur la noble fille destinée par moi à don Juan.

La danse allait recommencer, déjà les violons préludaient, et Canillac allait obtenir à force d'instances qu'on lui fît *vis-à-vis* avec mademoiselle de Presles.

Cependant don Juan hésitait encore. Il craignait, en écoutant le chevalier, de déplaire à mademoiselle de Clermont, dont l'œil bleu était attaché sur lui avec inquiétude.

Je vis, en outre, que l'impression de la valse était loin d'être effacée dans le cœur du jeune Espagnol. Le meilleur motif à son hésitation était qu'il n'y avait plus en ce moment pour lui qu'une femme à aimer, à adorer, c'était celle dont il venait de presser ainsi les charmes dans ses bras, la belle princesse qui l'aimait tant.

Je m'approchai alors; ses belles ailes azurées étaient grandes ouvertes; or, pour éviter tout nouveau retour à sa nature de papillon, je saisis mes ciseaux cabalistiques, je les coupai à la racine et les rangeai, toute triomphante, dans la boîte de palissandre que je portais toujours sur moi à cet usage.

Don Juan ne parut pas s'apercevoir de la mystérieuse opération; seulement il cessa de regarder mademoiselle de Clermont, et, comme cédant à la fatigue, il s'endormit contre un marronnier.

Je n'attachai aucune importance à ce sommeil; c'était, à mes yeux, une suite naturelle des fatigues de la journée, et la cour étant rentrée au château, je laissai dormir le beau valseur.

Le lendemain, cependant, don Juan parut morne et mélancolique; il ne regarda plus les femmes, ne voulut plus rire ni danser. Il était devenu plus indifférent qu'à son arrivée d'Espagne, et cette indifférence, qui s'accrut de jour en jour, dégénéra, à l'étonnement de tout le monde, et à mon grand désespoir, en une incurable misanthropie. Cette maladie finit

22

par s'aggraver, au point qu'il me déclara nettement un beau matin son dessein formel de retourner en Andalousie, pour entrer dans un couvent.

Je fis venir Chirac, le célèbre médecin; je lui expliquai comme je pus le brusque affaissement de mon pauvre cousin. Je lui avouai, à lui qui connaissait les doctrines des illuminés, le moyen que j'avais cru devoir employer pour le rendre sage.

— Qu'avez-vous fait? me dit le grand docteur; couper les ailes aux passions de la jeunesse, c'est tuer en elle toute vie et tout élan : ce qui eût réussi pour un mari a tué l'amant.

— J'ai tué don Juan! m'écriai-je.

— Rassurez-vous, madame, reprit-il; il n'est pas tué complétement. Il vivra, peut-être même plus longtemps, mais vous l'avez rendu, par votre zèle, incapable de jamais aimer autre chose que Dieu.

— Pauvre don Juan ! dirent en même temps les deux hôtes de la princesse.

— Hélas ! oui, pauvre don Juan ! reprit Ginebra ; le souvenir de cette maladresse m'a longtemps attristé l'âme. Aujourd'hui cependant je me suis pardonné ce fatal coup de ciseaux ; il y a même des instants où je m'applaudis de ce méfait involontaire.

— Ah ! par exemple, voilà qui mérite quelques mots d'explication, dit la marquise.

— Personne mieux que moi, continua Ginebra, ne respecte les désirs du cœur dans leur spontanéité ; je reconnais religieusement la légitimité des élans intérieurs, je respecte en tout la liberté du choix.....

— Excusez-moi de vous interrompre, mon amie, mais les trophées dont vos ciseaux cabalistiques ont décoré votre salon ne s'accordent guère avec ces charmantes prétentions-là.

— Ma chère marquise, je n'ai pas toujours eu les mêmes opinions ; l'expérience m'a améliorée beaucoup. Au contraire des vieillards ordinaires, l'âge est venu m'expliquer l'énigme mystérieuse des passions. Un jour où les hommes vaudront mieux, j'en suis assurée, c'est à leurs impulsions naturelles, c'est-à-dire divines, que l'on ira demander le bonheur. Mais nous n'en sommes pas là. La société tout entière ressemble encore trop à un camp où tous sont dressés pour le combat : on n'y vit pas, on y lutte, et tout ce qui devra plus tard

servir à notre bonheur se change encore en armes de guerre.
Don Juan marié et définitivement ancré à la cour de France
aurait passé sa vie comme les autres à des intrigues sans but
élevé, sans motif noble, sans instinct moral, il aurait appris
à souffrir d'abord, puis à mentir et à tromper.

— Mais que fait-il maintenant?

— Maintenant, sans souci de ce qu'il a perdu, il s'est
rendu savant dans les langues orientales et traduit les
manuscrits arabes échappés au vandalisme des Castillans.

— Je suis de votre avis, madame, dit à son tour Cazotte
revenant sur les idées que la princesse venait d'émettre, les
désirs sont l'auréole de l'âme humaine, la passion est le grand
mobile qui l'entraîne vers l'idéal.

— Au fait, reprit gaîment la marquise, si les papillons
avaient le vol régulier des oies, ils perdraient tout leur charme
à nos yeux.

— Pour vous faire oublier la mésaventure de mademoiselle
de Clermont, je vais vous conter l'histoire d'un brave corsaire
qui s'est marié en dépit et au profit de ses neveux.

Disant cela, Ginebra indiqua du doigt une fantaisie drôla-
tique où des insectes ailés célébraient une cérémonie nuptiale
sous les voûtes d'un temple et à la lueur des cierges.

— J'aurais mieux aimé, dit Cazotte, voir cette scène placée
dans les joncs d'un étang, avec des rayons de soleil pour
officiants et pour flambeaux.

# LES NEVEUX

## DU CAPITAINE

# FRANCARVILLE

———— ⋗⋇⊃∞⊂⋇⋘ ————

A quarante-six ans et quelques mois, M. le baron Conrad
de Francarville, capitaine de vaisseau dans la marine du
roi, estimant qu'il avait assez couru les mers, et que tous
les coins du petit globe sur lequel la Providence l'avait jeté
lui étaient suffisamment connus, prit le sage parti de se retirer
dans ses terres.

Il envoya donc sa démission au ministre de la marine et
revint en Normandie avec la croix de Saint-Louis, un rhumatisme à l'épaule gauche, et trente mille livres de rente qui ne
devaient rien à personne, si ce n'est aux négociants anglais
qu'il avait dévalisés dans ses croisières, pour soutenir l'honneur
de son pavillon.

En rentrant sur la terre natale, qu'il avait quittée à l'âge
de vingt ans, le baron de Francarville trouva deux neveux
dont il ignorait complétement l'existence.

23

On comprendra cette ignorance au sujet de ses deux neveux, quand on saura que le capitaine avait contracté, dès sa plus tendre jeunesse, l'habitude déplorable d'allumer sa pipe avec toutes les lettres qu'il recevait, sans en avoir préalablement pris connaissance. C'était, disait-il, afin de s'éviter l'embarras de chercher des réponses Le baron de Francarville n'était pas de première force sur le style épistolaire. En revanche, il manœuvrait fort habilement son vaisseau, et, dans les rencontres bord à bord, appliquait des coups de sabre de la plus belle espèce. On ne peut pas tout demander à un marin.

D'ailleurs il croyait sa sœur religieuse, l'ayant laissée dans un couvent dont une Francarville était abbesse, et bien décidée à y prononcer ses vœux, car ils étaient orphelins et sans fortune. Or des lettres de nonnettes ne sont pas fort intéressantes pour un officier de marine.

Persuadé que sa sœur Marie, valablement embéguinée, chantait des litanies et fabriquait des compotes à perpétuité, sous la direction de sa vénérable parente, le baron de Francarville avait donc continué d'allumer sa grande pipe turque avec toutes les lettres timbrées de Normandie qui arrivaient sur son bord, et n'avait pu apprendre que Marie, enlevée du couvent par un gentillâtre du pays, s'était mariée, avait mis au monde deux rejetons, et avait fini par mourir trois ans environ avant le retour du capitaine, laissant ses deux fils, Rodolphe et Raoul, en possession du mince héritage de leur père qui, depuis longtemps déjà, avait été rejoindre ses ancêtres, à la suite d'une chute de cheval.

Le baron ne fut pas trop mécontent de se trouver à la tête de deux gaillards de neveux, avec lesquels il pourrait jurer, boire et chasser le renard, quand son rhumatisme lui en accorderait la permission.

Il racheta les terres et le château de Francarville, et s'installa dans l'ancien domaine de sa famille, en bénissant les négociants anglais, dont les guinées faisaient de si doux loisirs aux vétérans de la marine de France.

Alors il se mit à jouer le rôle de gentilhomme campagnard, avec autant d'aisance et de facilité que s'il eût été destiné à cet emploi par la nature.

Il n'est pas aussi facile qu'on le pense de bien jouir de trente mille livres de rente. C'est peut-être pour cette cause que le sort a été si peu prodigue de cette sorte de faveur dans la distribution de cadeaux qu'il se plaît à faire aux humains.

Le capitaine de Francarville, en homme éclairé, s'occupa d'abord de garnir sa cave aussi complétement que possible. Pour mener à bonne fin cette importante opération, il ne dédaigna pas d'avoir recours aux lumières de ses neveux, qui étaient capables de lui donner de fort bons conseils sur cette matière. Les deux gaillards ne demandaient qu'à bien vivre, et possédaient tous les germes des vices qui sont nécessaires pour cela. Plusieurs de ces germes étaient même arrivés déjà à un degré de développement fort respectable. Mais la modicité de leur fortune avait jusqu'alors réduit ces précieuses facultés à l'état purement théorique et spéculatif.

On juge de la joie qu'ils éprouvèrent en se voyant tomber

du ciel un oncle opulent et déterminé à user le mieux possible
de ses richesses, et l'on conçoit sans peine qu'ils s'empressèrent
de mettre au service d'un tel parent toutes leurs connaissances
et toutes les ressources de leur esprit, pour l'aider à entourer
de jouissances solides une existence qu'ils avaient la délicieuse
perspective de partager indéfiniment.

On eut un sommelier bourguignon, un cuisinier parisien, le
premier piqueur de la contrée pour surveiller la meute et préparer les chasses; on plaça d'excellents chevaux dans l'écurie;
on engagea comme chambrières les plus jolies filles du pays, et,
toutes ces préparations accomplies, on laissa voguer doucement la galère.

En voyant quelle utilité un oncle intelligent peut tirer de
deux neveux, Francarville bénit intérieurement sa sœur
la nonnette de s'être laissée enlever jadis par le gentillâtre
normand.

Après six mois de séjour sur la terre ferme, le capitaine
reconnut avec un certain plaisir que son rhumatisme était
beaucoup moins opiniâtre qu'il ne se l'était imaginé, et que
grâce à certain onguent, inventé par un Esculape en sabots
de la contrée, il finirait bientôt par rentrer dans la jouissance
totale de son épaule gauche.

Robuste d'ailleurs, leste et bien fait, d'un visage agréable,
sans un seul poil blanc à sa moustache noire, Conrad de
Francarville pouvait passer pour un jeune homme, malgré ses
quarante-sept ans prêts à sonner.

Un jour, rentrant d'une course à cheval, après déjeuner,

Conrad se regarda par hasard dans une glace et fut satisfait de sa bonne mine.

Cette satisfaction lui suggéra une idée qu'il commença par regarder comme très-bouffonne, puis comme simplement amusante, et qu'au bout d'une heure de méditation en tête à tête avec sa pipe turque, il finit par considérer comme on ne peut plus réalisable, raisonnable et naturelle.

Conrad de Francarville songeait à se marier.

Il sonna. Un vieux marin de son bord, son domestique de confiance, arriva au coup de sonnette.

— Fais-moi venir mes deux neveux Raoul et Rodolphe, lui dit le baron.

Quelques minutes après, Raoul et Rodolphe étaient assis en face de leur oncle, autour d'une table sur laquelle flamboyait un bol de punch.

— Or ça, mes lurons, leur dit le capitaine, vous êtes d'assez gentils garçons, j'en conviens; deux neveux, c'est beaucoup; mais ça ne suffit pas. J'ai besoin de compléter ma société, et pour cela, il m'est venu dans l'idée de prendre femme.

Raoul et Rodolphe se regardèrent. Les deux drôles comptaient sur l'héritage de l'oncle. On conçoit leur émotion.

Conrad surprit ce regard; il en comprit le muet langage.

— Je vois ce que c'est, s'écria-t-il en riant; vous redoutez l'accroissement de la famille, et quinze mille livres de rentes vous semblaient à chacun un assez joli grog à avaler quand je serai coulé à fond. Mais d'abord, songez, mes garçons,

24

que je suis de force à vous enterrer tous les deux avant de
filer le bout de mon câble; songez, en outre, que, peu
soucieux de me voir entouré de bons cœurs forcés de me
souhaiter le plus prompt trépas, je suis décidé, si je ne me
marie, à vous déshériter complétement l'un et l'autre, afin
de conserver dans toute sa pureté l'affection que vous avez
pour moi. Donc, au lieu de vous affliger de cette résolution,
réjouissez-vous-en, au contraire; car ce peut être pour l'un
de vous un coup de fortune.

— Comment cela? demandèrent-ils à la fois.

— Voilà la chose, dit Conrad. Je veux me marier, c'est
vrai; mais je ne suis pas d'humeur à me mettre en campagne pour courir des bordées à la recherche d'une épouse.
S'il s'agissait de choisir une frégate fine voilière et bonne
marcheuse, je ne chargerais personne de ce soin; mais une
femme, c'est différent; je ne connais ni le gréement ni le
tirage de ces bâtiments-là. Vous. beaux neveux, qui êtes
des damoiseaux experts en ces sortes de manœuvres, mettez-
vous en route, parcourez la contrée, et découvrez-moi ce qu'il
me faut.

— Nous? s'écrièrent à la fois les deux frères.

— Je me trouve suffisamment riche comme cela, poursuivit le capitaine; il est donc inutile de s'informer de la
qualité de son lest. Quant à la naissance, c'est différent; je
tiens à ce que le pavillon soit irréprochable. Pour la solidité
de la coque, l'élégance de la poupe, la propreté des ponts,
la peinture des sabords et la symétrie des cordages, je laisse

le champ libre à votre goût, me réservant, du reste, le soin d'inspecter l'objet par moi-même quand vous aurez jeté le grappin dessus. Allez, voguez, croisez, faites de votre mieux ! Je vous donne trois mois pour me procurer cette chose. Il y aura cinquante mille livres en écus sonnants pour celui qui amènera dans mes eaux la corvette avec laquelle je me déciderai à naviguer de conserve.

Ayant ainsi parlé, le capitaine se leva, et les laissa en face du bol de punch à moitié vide, pour ne pas les gêner dans leurs délibérations.

Raoul et Rodolphe se regardèrent d'abord d'un air passablement contrit. Cette proposition de leur oncle tombait comme un coup de foudre sur leur tête. Certes, de toutes les lubies qui pouvaient passer par le cerveau du capitaine, celle-là était bien la plus incroyable, la plus inattendue.

La perspective de la somme à conquérir dans cette joûte bizarre ne les flattait que médiocrement : un capital de cinquante mille livres ne compensait pas à leurs yeux la perte des trente mille livres de revenus qu'ils s'étaient accoutumés à considérer comme leur bien propre, et dont ils mangeaient déjà joyeusement l'usufruit, en leur qualité de perpétuels commensaux de leur oncle.

D'ailleurs les cinquante mille livres ne devaient échoir qu'à l'un d'entre eux, et bien que chacun eût la meilleure opinion de la supériorité de son goût, de son adresse et de son intelligence, ils ne pouvaient se défendre d'une vague frayeur.

Du reste, hâtons-nous de déclarer qu'il ne vint pas un seul

instant à l'esprit de l'un ou de l'autre la moindre velléité de s'assurer mutuellement contre les chances d'insuccès, en convenant à l'avance de partager la récompense promise, quel que fût le vainqueur.

La pensée que l'un d'eux pût se dessaisir de vingt-cinq mille livres en faveur de son frère, ne pouvait sortir de leur imagination. L'horreur de partager en cas de victoire l'emportait tellement dans ces cœurs généreux sur l'espoir de partager en cas de défaite, qu'une réprobation également énergique des deux parts eût certainement accueilli cette outrageante proposition, si quelque tiers bénévole se fût avisé de la formuler.

— Eh bien! dit Raoul.

— Eh bien! fit Rodolphe.

— Que le diable emporte notre oncle! s'écria le premier.

— Avant qu'il ne soit marié, bien entendu, ajouta le second.

— Qu'allons-nous faire? demanda celui-ci.

— Parbleu! obéir; il le faut bien, répondit celui-là; le capitaine est têtu comme un Bas-Breton.

— Et il serait capable de nous mettre à la porte, comme des laquais, si nous refusions de contenter sa fantaisie.

— Je partirai demain, dit Rodolphe.

— Et moi aussi, dit Raoul.

— Que le diable emporte notre oncle! s'écrièrent-ils en chœur en forme de conclusion.

Le lendemain, comme ils l'avaient dit, les deux frères partirent ensemble, après avoir dit adieu à Conrad, qui leur souhaita bonne chance, et leur accorda trois mois pour découvrir la future moitié de sa vie.

Arrivés à la petite ville de Lillebonne, où ils devaient se séparer pour commencer leurs recherches, ils dînèrent ensemble dans le principal hôtel de la ville.

Leur conversation, comme on le pense bien, roula tout entière sur la bizarre mission dont les chargeait leur oncle.

Dans une pièce attenante à celle où dînaient les deux frères, se trouvait une demoiselle irlandaise qui voyageait en France, en compagnie d'un vieux gentilhomme, son ex-tuteur.

Une mince cloison séparait les deux chambres, et la plus légère attention suffisait pour que les convives qui se trouvaient dans l'une de ces pièces ne perdissent pas un mot des paroles de leurs voisins.

Le nom du capitaine de Francarville frappa tout à coup les oreilles d'Arabella, qui devint attentive et fut bientôt au courant de toute cette incroyable histoire.

Le vieux gentilhomme irlandais, qui était un peu sourd et se trouvait, du reste, placé loin de la cloison, n'entendit pas un mot et ne remarqua pas la distraction de sa compagne.

— Ainsi, dit Raoul en se levant, c'est décidé : tu pars pour Paris.

— Et toi, dit Rodolphe, pour le Havre, et ensuite aux bains de Dieppe.

— Dans un mois, dit Raoul, tu pourras m'y écrire.

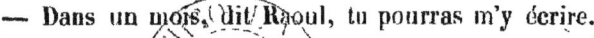

25

— Et toi, adresse tes lettres hôtel de Normandie, rue du Roule, où je vais m'installer.

— C'est convenu.

Ils se serrèrent la main et descendirent dans la cour, où chacun monta dans le coche qui devait le conduire à sa destination.

Arabella, prétextant une migraine subite, se mit à la fenêtre pour les voir partir.

Quand elle les eut suffisamment considérés, elle se tourna vers le vieux gentilhomme.

— Mon bon O'Brean, lui dit-elle, j'ai changé d'avis ; au lieu d'aller visiter la Bretagne, nous irons passer un mois à Paris, et nous viendrons ensuite aux eaux de Dieppe.

— Comme il vous plaira, répondit O'Brean ; vous savez que je suis un ami commode.

Trois jours après, Arabella et son ancien tuteur étaient installés rue du Roule, à l'hôtel de Normandie, où Rodolphe était arrivé la veille.

Maîtresse à vingt-quatre ans d'une fortune assez considérable, héritage d'un oncle mort aux Indes depuis quelques années ; douée d'une beauté douce, mais sérieuse, d'un caractère fier et indépendant, Arabella, depuis son retour de Bombay, où elle avait été elle-même, avec son tuteur O'Brean, réaliser son héritage, avait obstinément refusé tous les jeunes nobles d'Irlande et d'Angleterre qui s'étaient hasardés à lui demander sa main.

Dès que la paix fut conclue entre la France et l'Angleterre, elle quitta l'Irlande, et en compagnie d'O'Brean, qu'elle avait décidé à lui servir de chaperon dans ses pérégrinations capricieuses, elle vint voyager sur le continent.

A la grande surprise du vieux gentilhomme, la jeune miss, si farouche ordinairement à l'égard des cavaliers que les hasards des voyages amenaient sur son chemin, fit un parfait accueil à Rodolphe, qui, vivement frappé des grâces et de l'esprit d'Arabella, avait cherché à pénétrer un peu dans son intimité.

La belle Irlandaise se faisait passer pour une jeune personne de bonne famille, mais sans aucune fortune, ce qui étonna encore le bon gentilhomme, qui pourtant n'était pas au bout de ses stupéfactions.

Rodolphe trouva de plus en plus Arabella à son gré, et n'aurait pas mieux demandé que de lui faire la cour pour son propre compte; mais la pauvreté supposée de la demoiselle le détourna de cette idée.

Tout en exprimant à Arabella un amour que, du reste, il éprouvait réellement, il lui parla de son oncle et de la mission dont le capitaine l'avait chargé.

— Vous êtes bien au-dessus de ce qu'il peut rêver, dit-il à Arabella, et je ne doute pas qu'il ne ratifie mon choix. Jugez de ma tendresse pour vous, en me voyant sacrifier mon amour à votre fortune, à votre bonheur. Je donnerais ma vie pour vous nommer ma femme, et pourtant je me résigne à vous voir devenir celle de mon oncle, afin de vous mettre en possession de l'opulence et du rang qui appartiennent à votre mérite et à votre beauté. Ah! trouverez-vous jamais un cœur désintéressé comme le mien!

— J'apprécie votre délicatesse, dit Arabella, et soyez sûr que je saurai la récompenser un jour comme elle le mérite.

Elle accompagna ces mots d'un regard qui fit tressaillir Rodolphe d'espoir et de joie.

Le coquin de neveu s'imagina que la belle Irlandaise partageait son amour, et que, tout en se décidant à épouser le baron par ambition, elle se proposait bien de lui conserver à lui, Rodolphe, une part dans son cœur et dans ses bonnes grâces.

— Après tout, se dit-il, les mœurs du temps autorisent ces sortes de fredaines, et l'on a vu des choses plus extraordinaires que celle-là. Cinquante mille livres de gratification, une maîtresse charmante, la perspective de passer une longue suite d'heureux jours dans le château du capitaine; et qui sait? plus tard...; les marins sont mortels comme les autres, et, moyennant finances, Rome ne refusera pas à un neveu la permission de consoler la veuve de son oncle.

Rodolphe se livra ainsi à une foule de châteaux en Espagne peu moraux et peu édifiants, et continua de nourrir ces rêves coupables tout en se lançant à corps perdu dans les plaisirs de Paris, quand Arabella l'eut quitté au bout d'un mois, en lui donnant rendez-vous à Rouen, à l'expiration du terme qui lui avait été fixé par le capitaine.

L'Irlandaise, accompagnée d'O'Brean, alla s'établir aux eaux de Dieppe, où elle trouva Raoul déjà installé.

Au bout de quinze jours, Raoul, qui avait reçu de Rodolphe une lettre ainsi conçue :

« Amuse-toi en paix et cherche fortune pour ton propre « compte, mon pauvre Raoul ; car j'ai trouvé pour notre oncle « une merveille sans rivale. »

Répondit en ces termes à son frère :

« Mon pauvre Rodolphe, garde ta merveille pour ta con- « sommation particulière, et ne l'expose pas à la honte d'une « comparaison avec celle que j'ai découverte : les cinquante « mille livres sont à moi. »

Il est inutile de dire que Raoul, également enlacé dans les ruses d'Arabella, et d'ailleurs aussi peu scrupuleux que Rodolphe, avait conçu exactement les mêmes projets que son aîné et se repaissait des mêmes espérances.

Quelques jours avant l'époque convenue, le capitaine de Francarville, revenant de forcer un chevreuil, trouva au château les deux lettres suivantes :

« Mon cher oncle, soyez à Rouen, hôtel de la Marine, le 31 « septembre ; j'aurai l'honneur de vous présenter l'épouse que « je vous ai choisie à Paris. Votre neveu, Rodolphe. »

« Mon cher oncle, le dernier jour du mois de septembre, « hôtel de la Marine, à Rouen, je vous ferai connaître une

26

« femme que j'ai eu le bonheur de rencontrer à Dieppe, et qui,
« sans aucun doute, deviendra bientôt la vôtre. Votre neveu,
« Raoul. »

— A merveille, dit le capitaine.

Le 31 septembre, il arriva à Rouen et se fit annoncer à ses
neveux.

Arabella, en leur donnant rendez-vous à cet hôtel, leur avait
imposé la condition de ne la revoir que devant leur oncle.

Chacun d'eux, en descendant à l'hôtel de la Marine, le matin
même de ce jour, avait adressé en secret deux questions à
l'aubergiste, et en avait reçu une réponse affirmative sur la
première :

— Miss Arabella est-elle arrivée?

Et une réponse négative sur la seconde :

— Mon frère a-t-il amené une dame avec lui?

Et Raoul et Rodolphe s'étaient dit chacun de son côté, en se
frottant les mains avec satisfaction :

— Mon frère n'a pas osé soutenir la concurrence.

— Eh bien, dit le capitaine à ses neveux.

— Mon oncle, on vous attend , répondirent-ils en même
temps.

— Alors, dépêchons-nous.....

— Permettez-moi de vous conduire, dirent-ils encore
ensemble.

— Un moment, dit le baron; ne jouissant pas du privilége
de me transporter en deux endroits à la fois, il est indispen-

sable que je ne les voie que l'une après l'autre : pour ne pas faire de jaloux, nous procéderons par ordre alphabétique.

— La mienne se nomme Arabella, dit Rodolphe, que Raoul regarda avec surprise.

— A, c'est la première lettre de l'alphabet, remarqua le capitaine; c'est par celle-là que je commencerai l'inspection.

— Permettez ! s'écria Raoul, la mienne se nomme aussi Arabella.

— Ah ! fit Rodolphe.

— Diable ! c'est embarrassant, dit l'oncle; suivons alors l'ordre des numéros de leurs appartements

— La mienne habite le numéro 1, dit vivement Raoul.

— La mienne aussi, répliqua Rodolphe.

Les deux frères se regardèrent avec surprise.

— Ah ça! que signifie ! s'écria Conrad non moins étonné qu'eux.

— Cela signifie, capitaine, dit Arabella paraissant avec O'Brean, que vos neveux, sans s'en douter, vous ont choisi la même épouse.

— Ah ça ! mais permettez ! mademoiselle, s'écria le capitaine, il me semble que j'ai déjà eu le plaisir de vous voir.

, — Il y a quatre ans, dit Arabella, je revenais des Indes sur un vaisseau de guerre que vous prîtes à l'abordage.

— C'est parbleu vrai ! fit le marin.

— Vous m'avez sauvé l'honneur, reprit la belle Irlandaise, et vous avez même eu la générosité de me mettre le lendemain, avec toute ma fortune, à bord d'un vaisseau américain, en disant que vous ne faisiez pas la guerre aux femmes.

— Oui, je me le rappelle, dit le baron de Francarville.

— Depuis ce temps, capitaine, votre souvenir est resté dans mon cœur, et je n'ai plus eu qu'une pensée : celle de vous retrouver et de vous exprimer ma reconnaissance.

— Ne parlons pas de cela, interrompit Francarville.

— C'est dans cet espoir, ajouta-t-elle, que je suis venue sur le continent, et grâce à ces messieurs, j'ai pu enfin vous revoir.

— Et vous consentez à m'épouser !

— De tout mon cœur, répondit Arabella en souriant, si cela peut vous être agréable.

— Ventrebleu ! riposta le baron, je serais bien difficile.

Nous renonçons à dépeindre la stupeur, la confusion de Raoul et de Rodolphe.

— Beaux neveux, leur dit Arabella, vous avez gagné tous deux la récompense promise, et j'espère bien que le baron ne refusera pas.....

— Je ne refuse rien, s'écria Conrad, qui aurait donné, dans son bonheur, ses terres, son château, ses écuries, son piqueur normand, son sommelier bourguignon et son cuisinier parisien.

— A ces cinquante mille livres, ajouta Arabella, nous joindrons pour chacun de vous un brevet de lieutenant dans les armées du Roi. Et que Dieu vous protége, mes chers neveux, vous trouverez toujours en moi la plus affectionnée de toutes les tantes.

Cette manière polie de les congédier du château ne toucha
que médiocrement le cœur des deux frères. Ils balbutièrent
des remerciements embarrassés, qu'Arabella eut la délicatesse
d'accepter comme l'expression de la plus profonde gratitude,
et partirent pour Francarville avec leur oncle et leur tante
future, afin d'assister au mariage; après quoi ils devaient en
toute hâte aller rejoindre leur régiment, qui tenait garnison
à Mézières.

---

Arrivée à ce point de son histoire, la princesse Ginebra
remarqua que ses deux auditeurs, tout en suivant son récit
avec la plus scrupuleuse attention, commençaient à laisser
échapper quelques signes d'impatience.

Ces signes étaient presque imperceptibles chez la marquise
de La Croix, apparemment douée d'une dose de modération
plus abondante que celle départie par la nature à son vénérable ami.

Mais Cazotte se remuait sur son fauteuil, tournait son
tricorne dans ses mains, et semblait enfin avoir grand'peine à
contenir les observations qui se pressaient sur ses lèvres.

La dame aux papillons eut pitié de son embarras et ouvrit
une issue à ses critiques.

— Qu'avez-vous donc, mon cher poëte, lui dit-elle? On
dirait, sur ma foi.....

— Permettez, madame la princesse, interrompit Cazotte;

27

jusqu'à présent je ne vois que fort peu de rapport entre ce
récit et la peinture qu'il devait nous expliquer.

— En vérité, dit en souriaut la princesse.

— Vous avez donné pour légende à ce dessin, reprit Cazotte,
que, chez les hommes, toutes les histoires commencent ou
finissent par le mariage. Je trouve d'abord cet aphorisme
très-contestable. J'ai eu dans ma vie pas mal d'aventures de
toute espèce qui ont commencé plus ou moins mal et fini plus
ou moins bien, et je suis resté parfaitement garçon jusqu'à
ce jour, je vous prie de le croire.

— Je vous crois, dit Ginebra.

— J'en jurerais au besoin, fit la marquise.

— Mais, poursuivit Cazotte, laissons de côté cette erreur
qui ne me préoccupe que faiblement... J'attends avec impatience l'apparition des papillons, des moucherons et des libellules qui doivent donner un peu de piquant à cette anecdote.

— Je suis de l'avis de Cazotte, dit à son tour la marquise.
Je suppose bien que ce petit tableau représente le mariage du
capitaine de Francarville et de la jeune Irlandaise, et que ces
deux mouches qui tiennent le poële sur la tête des époux ne
sont autres que Raoul et Rodolphe ; mais pourquoi sont-ils
ainsi figurés ; pourquoi cette tête de papillon sur les épaules
de Conrad ; pourquoi Arabella a-t-elle le visage et les ailes
d'une demoiselle bleue, et pourquoi ce cinquième personnage
qui se dresse au fond avec son corps jaune, son chapeau à
fleurs et son livre de messe? Ce type de belle-mère ne peut pas
nous représenter la grave et placide figure du bon tuteur O'Brean.

Chez les hommes toutes les histoires commencent ou finissent par le mariage

— Je n'ai pas eu cette prétention, répondit en souriant la
dame aux papillons; le cinquième personnage est tout simplement un caprice d'artiste : cette grande femme sèche et guindée
m'a paru indispensable pour compléter ce tableau de genre ;
car un mariage sans belle-mère me semble aussi insipide
qu'une vie sans accident, qu'un caractère sans défaut, qu'un
ciel sans nuage, qu'une mer sans tempête. J'aime les con-
trastes dans les événements humains, comme dans les aspects
de la nature. Ne trouvant point de belle-mère dans l'histoire
de mes personnages, j'ai inventé celle-là; m'en faites-vous un
crime?

— Certes non, s'écria Cazotte.

La marquise acquiesça d'un signe de tête à cette déclaration
du poète.

— Si j'ai représenté Arabella sous la forme d'une libellule,
poursuivit la princesse, croyez bien que j'ai eu mes motifs
pour agir ainsi.

— Nous n'en doutons pas, dirent les deux auditeurs.

— C'est que la charmante Irlandaise appartenait réellement
à ce genre d'insectes, comme le prouve la course vagabonde
qu'elle s'était plu à entreprendre à la poursuite du capitaine
de Francarville. Si je n'étais arrivée à temps, un peu après la
célébration de leur mariage, les ailes de la jeune personne
eussent bien pu jouer, un jour ou l'autre, quelque vilain tour
au baron Conrad.

— C'est impossible! s'écria Cazotte, elle avait trop d'affection
pour lui.

— Mon pauvre poëte, dit Ginebra en échangeant un sourire avec la marquise, on voit bien que vous ne connaissez guère le cœur des femmes en général et des libellules en particulier. Une fois que les ailes de ces fragiles créatures sont déployées par un premier amour, le diable seul peut savoir où elles doivent s'arrêter. Mais, ainsi que je vous l'ai dit, j'arrivai à temps pour les fixer à tout jamais auprès du capitaine. Du reste, le brave Conrad méritait bien cette faveur. Si je ne lui ai donné que la tête du papillon nacré, à la famille duquel il appartenait, c'est qu'il avait pris soin lui-même de dissimuler ses ailes, bien résolu du reste à n'en plus tirer d'usage que pour voltiger autour de sa femme. C'est pourquoi il s'était hâté de congédier les jolies chambrières que ses mauvais sujets de neveux avaient installées au château.

— Écoutez donc, dit la marquise, à quarante-sept ans ..

— Ce n'est pas une raison, fit Cazotte.

— Quant à Raoul et à Rodolphe, continua la princesse, le lendemain de la cérémonie nuptiale, pendant laquelle ils avaient été contraints de tenir le poële sur la tête des deux époux, ce qu'ils avaient fait de la meilleure façon possible, mais en enrageant tout bas, ils mirent leurs cinquante mille livres dans une sacoche, leur brevet de lieutenant dans leur portefeuille, et ils partirent pour Mézières, où ils se lancèrent à corps perdu dans tous les plaisirs de la vie de garnison.

Les malheureux espéraient s'étourdir ainsi, et oublier peu à peu leur mésaventure; mais leurs regrets étaient trop cuisants pour pouvoir facilement s'effacer.

Tant que durèrent leurs écus, ils supportèrent encore la vie, grâce aux distractions du jeu, de la bonne chère et des faciles amours.

Mais leurs cinquante mille livres furent dévorées en deux années. Après quoi, réduits à la maigre solde de leur grade, ils ne purent accepter la piètre existence à laquelle ils se voyaient condamnés.

Un beau jour, ils fondirent leurs dernières pièces d'or dans une dernière orgie, et, à la façon des anciens stoïques, ils avalèrent résolument la coupe de ciguë à la fin du repas.

Le comte Cipio qui, par hasard, se trouvait à Mézières le jour de cet événement tragique, et qui, par un hasard plus grand encore, logeait précisément dans l'hôtel où les deux frères venaient d'abréger leurs jours, apprit leur histoire par la rumeur publique, et son génie familier, qu'il consulta à ce sujet, lui en fit connaître les détails les plus intimes.

Quoique sorcier, le comte Cipio était très-farouche sur le chapitre des mœurs. Il trouva que Raoul et Rodolphe n'étaient pas suffisamment punis, par ce trépas volontaire, des coupables projets qu'ils avaient conçus et longuement caressés contre l'honneur de leur oncle.

— Il était bien sévère, fit observer la marquise.

— Il était ainsi, dit la princesse. Il les condamna donc à une vie nouvelle dans laquelle il leur laissa le souvenir, et les fit passer à l'état de mouches, insectes atrabilaires dont le bourdonnement monotone indique assez la constante mauvaise humeur.

C'est sous cette forme que j'ai préféré les peindre par antici-
pation, dans la cérémonie nuptiale de leur oncle.

Une lettre anonyme instruisit monsieur et madame de
Francarville de la nouvelle position de leurs neveux.

Conrad et Arabella, peu initiés aux sciences occultes, prirent
cette nouvelle pour une mauvaise plaisanterie, en sorte que,
chaque fois qu'ils rencontraient quelqu'une de ces petites bêtes
ailées, ils ne pouvaient s'empêcher d'éclater de rire en songeant à la bizarre mystification de la lettre anonyme.

Si donc Raoul et Rodolphe, comme cela est plus que pro-
bable, prirent fantaisie d'aller voltiger sur ce domaine et autour
de cette jeune femme qui avaient si fort excité leur convoitise,
ils eurent la douleur de se voir accueillis par des éclats de
rire. Ce dernier châtiment entrait encore dans le dessein du
comte Cipio.

— Quel raffinement de barbarie! s'écria madame de La Croix!

— Quant aux deux époux, ajouta Ginebra, ils vécurent longtemps heureux et eurent plusieurs enfants.

Le lendemain du jour où la dame aux papillons avait raconté à ses hôtes l'histoire du capitaine Francarville et de ses deux neveux, le vieux domestique costumé en argus des prés, vint dire à Cazotte et à la marquise que sa maîtresse, retenue dans sa chambre par une légère indisposition, les priait de déjeuner sans elle.

— Que Monsieur et Madame ne s'effraient pas, dit le vieux domestique en voyant l'inquiétude des deux amis, ma maîtresse a de temps en temps des accès de tristesse, pendant lesquels elle s'obstine à rester enfermée quelquefois tout un jour dans son appartement. Cela n'est pas étonnant, car madame la princesse a bien souffert, et elle aime à s'isoler de temps en temps de ce monde pour se plonger dans ses amers souvenirs. Une fois ces accès passés, elle redevient aussi douce et aussi gaie qu'auparavant. Attendez-vous donc à la voir ce soir souriante et affable comme hier, et toute disposée à vous tenir bonne compagnie.

— Mon ami, dit Cazotte au vieux domestique, y a-t-il longtemps que vous êtes au service de la princesse!

— Je suis son frère de lait, répondit le bonhomme bigarré, et je ne l'ai pour ainsi dire pas quittée depuis l'enfance.

— Alors vous avez connu ses deux maris?

— Comme je la connais elle-même. Le comte Cipio s'est amusé bien souvent à m'effrayer en mettant des farfadets à mes trousses. Quant au prince de Moncade y Leon, ajouta

le vieux valet en soupirant, j'ai fait tous les efforts imaginables pour empêcher Madame de conclure ce mariage ; mais
toutes mes remontrances furent inutiles. Que voulez-vous ?
la tête et le cœur étaient pris à la fois. — Maudit prince !
s'écria le vieillard en se retirant ; le jour où je te verrai
cloué sur un panneau de la boiserie par une belle épingle
d'or, sera le plus beau de ma vie !

Le soir venu, ainsi que l'avait annoncé le vieil argus, la
princesse Ginebra descendit rejoindre ses hôtes.

Elle les pria fort allègrement de l'excuser, et fut d'une
gaieté charmante pendant tout le repas.

— Aujourd'hui, dit-elle à Cazotte, je vous conterai l'histoire
de ces deux amoureux que vous voyez là dans cette jolie
grotte tapissée de lierre. Ce jeune homme aux ailes d'or est
un nouvel Endymion dont j'ai soigneusement recueilli les
aventures. Mais le temps est magnifique, l'air est frais, les
étoiles brillent au ciel ; si vous m'en croyez, nous descendrons
dans le jardin. Ce fantastique récit ne perdra rien pour être
entendu au clair de lune.

Cazotte et la marquise acquiescèrent à cette proposition et
suivirent la dame aux papillons dans son jardin parfumé.

# LE NOUVEL

# ENDYMION

La princesse Ginebra fit asseoir à ses côtés Cazotte et la marquise sur un banc de gazon, et commença en ces termes l'histoire du nouvel Endymion :

A quelques lieues de Dijon est un charmant petit village, blotti comme un nid d'oiseau au pied d'une montagne. Un ruisseau bleu le traverse; une vallée délicieuse l'entoure, et de grands châtaigniers plantés sur les roches lui jettent des pluies de fleurs au printemps.

De tous les jeunes gars du Val-Fleury, — c'est le nom du petit village, — voire de tous les garçons des bourgs et des hameaux d'alentour, Francis Giraud était le mieux bâti, le plus beau de visage, le plus doux, le plus aimable, le plus recherché par les œillades des jeunes filles dans les bals du dimanche et les veillées d'hiver.

29

L'enfance de Francis, comme celle de tous les petits villageois, s'était écoulée dans d'innocents ébats au milieu des
poules, des oies, des canards et autres oiseaux domestiques.

A l'âge où les enfants de la ville, étouffés dans les bourre-
lets, entravés dans les lisières, s'étiolent dans l'alcôve maternelle et se fanent sans avoir fleuri, comme des plantes vivaces
enfermées dans un bocal, Francis Giraud pataugeait, dans sa
force et dans sa liberté, au milieu des hôtes de la basse-cour,
recevant insoucieusement sur sa tête blonde les chauds rayons
du soleil d'été, les pluies d'automne et la neige d'hiver, et
s'épanouissant comme un coquelicot sous l'air vif des montagnes.

Aussi c'était à six ans un beau gaillard, je vous assure,
frais, allègre, dispos, et ne boudant pas devant la soupe aux
choux.

Puis il passa des volatiles aux quadrupèdes, c'est-à-dire que
dès qu'il put sans danger s'écarter du pignon paternel, et qu'on
lui reconnut assez d'instinct pour remplir l'office de berger, on
lui mit dans un bissac un énorme quartier de pain bis et une
bonne tranche de lard, et on l'envoya garder les moutons dans
les champs et faire brouter les chèvres sur les rochers.

Ce fut un grand jour pour Francis que celui où, brandissant
un bâton de coudrier, précédé de son troupeau et escorté de
son chien, il traversa fièrement les rues du village, tout glorieux de son importance, et se drapant sous son bissac comme
un jeune Romain dans sa robe virile.

Après avoir déniché quantité de nids dans les bois et

maraudé nombre de fruits dans les vergers du voisinage, avec ses jeunes collègues du Val-Fleury et des alentours, il fut jugé digne de passer à de plus hautes fonctions.

Alors on l'arma vigneron; on lui donna une serpe et une pioche, on lui fit faire une hotte toute neuve par le vannier en réputation, et le voilà taillant la vigne, liant les ceps, émondant, sarclant, foulant le raisin, tournant le pressoir et goûtant le vin à la cuve avec autant d'aisance et d'aplomb qu'un dégustateur patenté.

Voilà l'Odyssée de mon héros. Elle n'est pas brillante, mais elle est solide.

— Par ma foi, princesse, dit la marquise, ce début n'est pas brillant, en effet; je m'étonne que vous ayez été chercher le héros de cette histoire dans une condition aussi infime que celle d'un obscur paysan; quant à moi, ces détails de basse-cour me tournent un peu sur le cœur, je vous en préviens. Pouah! j'ai horreur de ces rusticités.

— Marquise! marquise! dit la princesse Ginebra, regardez donc comme votre ami Cazotte fronce les sourcils en vous entendant proférer ces hérésies.

— Et pourquoi fronce-t-il les sourcils? demanda la marquise?

— Parce que ses instincts de poëte se révoltent contre l'injustice de votre critique. Sachez, ma chère, que la poésie ne réside pas moins dans les fermes que dans les palais, et que ces rusticités qui vous choquent, ont leurs aspects magiques aussi bien que les merveilles de notre luxe.

L'humble liseron des champs, sur lequel chante la cigale,
a ses grâces et son charme tout autant que les élégantes
créations de nos parterres ; et certains détails de ces existences primitives, malgré leur apparente vulgarité, l'emportent
souvent en fraîcheur, en intérêt et en variété piquante sur
notre vie de ruelles, de boudoirs et de salons.

— Très-bien parlé, madame la princesse, dit Cazotte.

— Alors, s'écria gaiement la marquise, prenez que j'ai
péché, et n'en parlons plus.

— D'ailleurs, reprit Ginebra, songez, marquise, que je ne
choisis pas mes héros ; je ne vous récite pas des contes faits à
plaisir, mais bien des aventures authentiques qui se sont
passées sous mes yeux, ou m'ont été racontées par des nar-
rateurs mystérieux en qui j'ai toute confiance, quelle que soit
leur réputation de légèreté. Il m'est donc impossible de transporter dans les jardins de Versailles des faits qui se sont
accomplis au milieu des buissons du Val-Fleury, et d'affubler
mon petit vigneron d'une veste brodée et d'un chapeau à
plumes. Ces travestissements ridicules ôteraient à mon récit
le peu de grâce et de naiveté qu'il comporte.

— Puisque madame la marquise vous a fait son *med culpâ*,
dit Cazotte, ne vous arrêtez pas davantage à cet incident, chère
princesse.

— D'autant plus, ajouta la marquise, que, par contrition
ou conviction, à votre choix, je me sens toute disposée à
m'intéresser le plus possible aux aventures de ce monsieur
Francis Bertrand.

— Je continue donc, dit Ginebra sans paraître remarquer la grimace trop significative encore dont, malgré son repentir vrai ou simulé, la marquise avait accompagné le nom prosaïque du jeune paysan.

— Nous vous écoutons, fit Cazotte en jetant un regard de reproche à sa compagne.

La princesse poursuivit son récit :

Francis avait vingt ans. C'était, comme nous l'avons dit, le plus joli garçon du monde. Ses grands cheveux blonds, bouclés par la nature, encadraient un visage légèrement hâlé par le soleil, mais d'une régularité parfaite, et qu'animaient deux beaux yeux noirs, intelligents et doux.

— Voici un portrait qui me réconcilie tout à fait avec votre personnage, dit la marquise.

— Ah! frivole! s'écria Cazotte. Quoi! vous êtes encore aussi femme que cela, malgré vos soixante ans sonnés!

— Pas tant sonnés, reprit la marquise : je ne les aurai guère qu'à la Chandeleur. Votre vilain compliment est donc anticipé, mon cher ami. Mais sachez, une fois pour toutes, que, quel que soit son âge, une femme n'est jamais insensible au charme des grands cheveux blonds et des beaux yeux noirs.

Ginebra continua sans se mêler à cette petite altercation :

Ces yeux noirs, une rareté dans le pays, faisaient, sans s'en douter, bien des ravages ; mais Francis ne songeait point aux jeunes filles, ce qui les désolait presque toutes.

C'était un caractère concentré, rêveur, un peu triste même ;

30

depuis quelques années surtout, cette tendance au recueillement, à la mélancolie avait pris des proportions qui inquié-
taient ses parents, gens rustiques et ignorants, mais doués de
cœurs d'or.

Voyant Francis fuir le cabaret, le jeu de boule et la grange
où l'on dansait après vêpres, pour aller s'asseoir dans un
bouquet de bois isolé ou sur une roche solitaire, et rester là
des heures entières, tantôt pensif, le front dans ses deux
mains; tantôt l'oreille tendue, comme s'il écoutait quelque
musique mystérieuse; tantôt les yeux tout grands ouverts, et
comme fixés sur un spectacle visible pour lui seul, voyant
cela, les bonnes gens se disaient :

— Pour sûr notre Francis est envoûté; quelque méchant
sorcier lui aura jeté un sort.

— Envoûté! interrompit Cazotte. L'expression n'était pas
exacte. Chacun sait que l'envoûtement a pour objet de faire
souffrir toutes sortes d'affreux tourments aux personnes contre
lesquelles on exerce ce maléfice, et même de causer leur mort.
Vous prenez une image de cire représentant aussi bien que
possible le personnage que vous voulez torturer; vous brûlez
cette image, en récitant certaines formules préparées pour la
circonstance, et la personne se sent consumée par un invisible feu; vous tordez, vous grattez, vous déchirez cette cire,
et il semble à votre ennemi que ses membres se tordent, que
des griffes de bête féroce lui grattent la chair, que des dents
de fer lui labourent la poitrine; vous piquez l'image au
cœur, et le patient expire. Envoûter quelqu'un ou se con-

tenter de lui jeter un sort sont des procédés bien différents.

— Excusez l'ignorance de ces simples villageois, répondit Ginebra; occupés dès leur plus tendre jeunesse à des travaux rustiques, ils n'avaient pas eu le temps de se livrer à l'étude de la science cabalistique.

— L'éducation de ces pauvres gens est tellement négligée! soupira Cazotte.

Les parents du jeune vigneron le croyaient donc complétement ensorcelé, poursuivit la princesse.

Quand ils lui exprimaient franchement ces craintes, Francis souriait, haussait les épaules et ne répondait pas.

Mais la plus désolée de tous était, sans contredit, la petite Fanchette.

Fanchette était la cousine de Francis. Les deux familles demeuraient porte à porte; une étroite amitié les unissait. Avant que Francis eut atteint l'âge d'homme, quand le père Giraud était malade, ce qui, Dieu merci, arrivait rarement, le père Bastien *se mettait aux vignes* du cousin et les piochait d'aussi bon cœur que s'il eût travaillé pour son propre compte. En revanche, quand le père Bastien avait besoin d'un coup de main pour rentrer son fourrage ou sa moisson, il ne se donnait pas même la peine de faire un signe : le père Giraud était là avec ses deux bras, qui en valaient quatre.

Fanchette était une petite blonde toute mignonne et toute gentille. Elle allait, ma foi, sur ses dix-sept ans, comme disait la mère Bastienne. Depuis longtemps déjà les deux papas et les deux mamans s'écriaient à l'envi, chaque fois

qu'ils voyaient Franchette recevant dans son tablier les pêches
que cueillait Francis, juché sur l'arbre en plein vent, ou
qu'ils contemplaient Francis aidant la jeune fille à faire rentrer dans l'étable une chèvre récalcitrante ou à ranger les
grosses pommes reinettes sur la corniche de l'armoire de
noyer :

— Jarni Dieu! ça ne fera-t-il pas un joli couple?

La première fois que Fanchette entendit cette exclamation,
elle devint rouge comme une fraise mûre, et regarda en-dessous
son beau cousin aux yeux noirs.

Mais Francis n'avait rien entendu ou feignait de ne pas
entendre.

Cela n'empêcha pas qu'à partir de ce jour la petite Fanchette devint presque aussi pensive que son cousin, et que
sa main ne tremblât toujours quand elle effleurait par pur
hasard celle de Francis, en recevant de lui une grappe de
raisin ou en dévidant un écheveau de fil qu'il tenait sur ses
deux poings.

L'écheveau s'embrouillait, et elle riait aux éclats, en trai-
tant Francis de maladroit; mais soyez sûrs que ce n'était pas
lui qui mêlait les fils.

Devant ces symptômes, qui révélaient l'amour chaste et
timide de la jeune fille, Francis restait opiniâtrément calme
et indifférent.

Il devenait de plus en plus rêveur, de plus en plus solitaire, de plus en plus sauvage. Prières, supplications, cierges
brûlés aux pieds de la bonne Vierge, rien n'y faisait.

— Mais qu'est-ce que tu peux faire ainsi tout seul, l'oreille tendue et l'œil ouvert? lui disait quelquefois le père Giraud.

— J'entends des choses que vous ne pouvez entendre, répondait Francis; je vois des choses que vous ne pouvez voir.

Et il continuait, comme en se parlant à lui-même :

— J'entends la conversation des grillons et des cigales ; les mouches à miel et les frêlons n'ont pas de secrets pour moi ; les demoiselles aux ailes de gaze me disent des douceurs en voltigeant autour de ma tête, et mes bons amis les papillons me racontent leurs amours avec les fleurs de la contrée.

Entendant ces divagations, le père Bastien répétait douloureusement :

— Malheur à nous! notre pauvre garçon est envoûté!

Un jour que Fanchette cueillait des fraises dans le jardin, Francis, qui taillait à côté d'elle la vigne dont le mur était tapissé, lui cria tout à coup :

— Prends garde à toi, Fanchette!

La jeune fille poussa un cri, se dressa brusquement, croyant qu'une vipère était cachée dans l'herbe, et, toute tremblante, regarda son cousin.

Celui-ci lui montra un argus des prés qui s'était posé à côté d'elle, sur une touffe de clématite.

— Vois, dit-il, comme il te regarde !

— Qui? demanda-t-elle.

— Ce papillon. Défie-toi de lui, c'est un argus. Il n'y a rien de curieux et de traître comme ces gens-là.

31

Fanchette ne répondit pas, ramassa son panier de fraises
et s'éloigna en se disant tristement :

— Mon Dieu ! quel dommage !

Quant à Francis, il prit une poignée de sable et la jeta sur
l'argus, en lui criant :

— Va-t-en ! vilain espion ; tu voudrais bien connaître mon
secret, pour le raconter à ton ami l'iris et à toutes les phalènes
du voisinage ; mais ni toi, ni tes cousins, l'argus des bois et
l'argus des murailles, ne saurez jamais ce qui se passe tous les
soirs dans la clairière aux accacias ; car, dès que le soleil se
couche, il faut que vous dormiez, méchants argus !

Le papillon s'envola, et Francis se remit à tailler sa vigne.
Fanchette raconta aux vieilles gens des deux familles l'étrange
lubie de son cousin.

— Le mariage le guérirait peut-être, dit le père Giraud.

— Oui, dit la mère Bastienne ; c'est possible ; mais ça ne serait
pas prudent d'épouser un garçon qui est ensorcelé à ce point.

— Qu'en penses-tu, Fanchette ? dit la bonne femme Giraud
en jetant sur la jeune fille un regard suppliant.

— Je pense, dit Fanchette. que quand on aime les gens
et qu'il s'agit de les guérir, comme dit mon oncle Giraud,
on ne doit pas reculer. D'ailleurs, moi, je ne craindrais rien.
Francis est trop bon pour faire du mal à une femme qui aurait
de l'amitié pour lui.

La mère Giraud pressa Fanchette sur son cœur, et une larme
de reconnaissance coula de ses yeux sur le doux visage de la
petite blonde.

Le soir de ce jour, après souper, le bonhomme Giraud dit à Francis :

— Garcon, est-ce que tu ne songes pas à te marier?

— Moi! s'écria Francis étonné.

— Te v'là en âge, dit sa mère, et Fanchette aussi.

— Fanchette!

— Est-ce qu'elle ne te conviendrait pas? N'y en a pas de plus gentille dans le village pour la figure et pour la bonté, et tu pourrais te flatter d'avoir une femme qui t'aimerait bien!

— Je sais ce que vaut Fanchette, répondit Francis, et je l'aime de tout mon cœur; mais je ne saurais l'épouser.

— Et pourquoi?

— Parce que je ne suis plus libre.

— Comment! tu te serais engagé à quelqu'un sans nous en prévenir? dit le père Giraud.

— On m'avait défendu de vous en parler, répondit Francis.

— Qui cela?

— Elle.

— Mais tu vas nous dire maintenant qui elle est, s'écria la bonne femme.

— Ça m'est interdit, répondit le jeune vigneron.

En ce moment, un gros bombyx entra dans la chambre et vint bourdonner autour de la lampe.

— C'est bon! c'est bon! dit Francis.

— Plaît-il? que dis-tu? demanda sa mère.

— Rien, mère. On vient m'avertir que j'en ai déjà trop dit. Ne m'interrogez donc plus; je ne vous répondrais pas.

— Qui est-ce qui vient t'avertir? demandèrent les deux vieillards étonnés, et regardant si quelque figure étrangère apparaissait à la porte ou à la fenêtre.

— Encore une fois, dit Francis en se levant, je ne puis rien vous dire. Bonsoir, mon père; bonsoir, ma mère.

Il prit une chandelle et entra dans sa chambre.

Les braves gens se regardèrent d'un air consterné. Le père Giraud se mit au lit en poussant de gros soupirs, et la vieille mère, avant de se coucher, fit une longue prière à la Vierge, à qui elle promit encore un beau cierge de cire, afin qu'elle intercédât pour la guérison de son fils.

Les pauvres vieillards ne purent fermer l'œil de toute la nuit. Pendant longtemps ils entendirent Francis marcher à pas lents dans sa chambre.

— Jésus, mon bon Dieu! disait la mère Giraud, l'entends-tu, notre homme? Qu'est-ce qu'il peut avoir à marcher ainsi?

— Ne le contrarions pas, répondait le père Giraud.; laissons-le se promener tout à son aise. Après tout, ça ne fait tort qu'à notre sommeil; et, qui sait? si nous le tarabustions par trop, il arriverait peut-être pis.

Vers le milieu de la nuit, après s'être longtemps promené, Francis ouvrit sa fenêtre, et ses parents l'entendirent parler à voix basse, comme si quelque mystérieux interlocuteur fût venu converser avec lui.

— Avec qui peut-il faire la conversation à une heure pareille? dit encore la mère Giraud.

— Faut voir ça, dit le vieillard.

Ils se levèrent doucement, et marchant sur la pointe des pieds, ils parvinrent sans bruit jusqu'à une petite lucarne qui permettait de voir et même d'entendre tout ce qui se passait dans la chambre de Francis.

Le jeune homme était assis devant la fenêtre, le coude appuyé sur un petit balcon de bois que cachaient sous leurs larges feuilles des rameaux de vigne grimpante. Cette vigne tapissait toute la fenêtre de ses capricieux festons, et la tête de Francis, doucement éclairée par la lune, semblait encadrée dans les fantasques dessins de son feuillage.

— Comme il est beau, notre garçon! murmura la mère Giraud; il ressemble à une image de saint.

— Chut! dit le père Giraud; il n'y a personne avec lui; le gars parle tout seul. Écoutons ce qu'il dit.

— On dirait qu'il chante des litanies, fit la vieille.

Francis chantait une ballade qu'il avait sans doute composée dans un de ses moments de fantastiques rêveries.

Il récitait ses strophes sur un ton lent et monotone qui ressemblait en effet à la douce psalmodie des litanies de la Vierge que les jeunes filles chantent, le soir, à la lueur des cierges, sous les arceaux des vieilles églises, pendant les fêtes du mois des fleurs que la piété des catholiques a consacré à Marie.

Voici à peu près les paroles de cette ballade.

32

## LA FILLE DE LA NUIT.

« O fille de la nuit! donne-moi un sourire, et verse sur mon front un de ces songes qui rendent heureux.

« Un soir, je reposais sur le gazon, à l'ombre d'un églantier fleuri; je la vis passer au-dessus de moi, aussi rapide que l'hirondelle qui rase en volant la surface du lac paisible.

« O fille de la nuit! donne-moi un sourire, et verse sur mon front un de ces songes qui rendent heureux.

« Sa robe était un brouillard léger; elle avait pour écharpe une flamme de pourpre dérobée au feu du soleil couchant, et une couronne d'étoiles brillait sur sa tête.

« O fille de la nuit! donne-moi un sourire, et verse sur mon front un de ces songes qui rendent heureux.

« A travers les vapeurs du soir, elle se balançait doucement sur ses ailes vertes et diaphanes comme celles de la demoiselle vagabonde qui voltige au bord des ruisseaux.

« O fille de la nuit! donne-moi un sourire, et verse sur mon front un de ces songes qui rendent heureux.

« Son visage était doux à voir comme un nuage rose dans l'azur du ciel, et ses yeux noirs brillaient comme l'étoile du berger, qui se mire le matin dans le cristal d'une onde pure.

« O fille de la nuit! donne-moi un sourire, et verse sur mon front un de ces songes qui rendent heureux.

« En passant, elle secouait sur la terre sa chevelure humide; et les gouttes de rosée tombaient comme une pluie tiède, et se balançaient comme des perles aux branches des arbres et aux tiges des fleurs.

« O fille de la nuit! donne-moi un sourire, et verse sur mon front un de ces songes qui rendent heureux.

« Elle se pencha sur moi; son haleine caressa mon front; elle parla, et sa voix était aussi douce que la voix du zéphir qui soupire le soir dans le feuillage des chèvrefeuilles.

« O fille de la nuit! donne-moi un sourire, et verse sur mon front un de ces songes qui rendent heureux.

« — Dors, disait-elle, enfant de la terre; dors en paix, mon fiancé aux blonds cheveux; la fille des airs t'est fidèle, et elle veut t'envoyer un rêve d'amour qui réjouira ton cœur.

« O fille de la nuit! donne-moi un sourire, et verse sur mon front un de ces songes qui rendent heureux.

« Alors il me sembla que j'étais transporté dans une grotte
toute tapissée de lierre et où coulait une source fraîche qui
fuyait sous les longues herbes avec un murmure délicieux.

« O fille de la nuit! donne-moi un sourire, et verse sur
mon front un de ces songes qui rendent heureux.

« La fille des airs avait replié ses ailes de gaze; elle avait
déposé son écharpe de feu et sa couronne d'étoiles éblouis-
santes; assise à mes pieds, elle me tendait une rose, et sa tête
charmante reposait sur mon sein.

« O fille de la nuit! donne-moi un sourire, et verse sur
mon front un de ces songes qui rendent heureux.

« Et moi aussi j'avais des ailes, de belles ailes couleur
d'aurore, et je disais à ma fiancée : — Viens, mon amour,
enlevons-nous dans les airs, et volons ensemble jusqu'au pied
du trône de Dieu.

« O fille de la nuit! donne-moi un sourire, et verse sur
mon front un de ces songes qui rendent heureux.

« Je m'éveillai : la fille de la nuit avait disparu; mais
j'entendis au loin une symphonie céleste, et l'air était
embaumé autour de moi, comme si toutes les fleurs du printemps eussent réuni leurs parfums.

« O fille de la nuit! tu m'as donné un sourire, et tu as
versé sur mon front un de ces songes qui rendent heureux. »

———————

Après avoir chanté cette ballade, Francis demeura quelques
instants encore immobile et rêveur près de sa fenêtre; puis il se
leva et se mit au lit.

— Ce ne sont pas des litanies, dit la mère Giraud, c'est
un cantique. Mais qu'est-ce que ça peut être que cette fille
de la nuit? Je ne connais pas cette sainte-là!

— M'est avis, dit le vieux vigneron, que c'est une sainte
qui n'est pas trop catholique.

— Encore, s'il avait dit son nom, reprit la bonne femme,
on pourrait chercher sur le calendrier. Faudra peut-être le
lui demander demain.

— Gardons-nous en bien, dit Giraud; s'il savait que nous
l'avons écouté, il se mettrait sans doute en colère, et le pauvre
garçon est déjà bien assez à plaindre d'être dans un pareil
état, sans que ses parents aillent encore lui donner des sujets
de mécontentement.

— Tu as raison, notre homme, répondit la mère Giraud;
faut éviter de lui faire de la peine.

Les vieillards regagnèrent leur chambre et ne tardèrent pas
à s'endormir, en ruminant dans leur tête les étranges choses
qu'ils venaient d'entendre.

33

Il fallut bien dire à Fanchette ce que son cousin avait répondu au sujet de leur mariage. La petite blonde pleura beaucoup ; mais aucune pensée d'amertume ni de dépit contre Francis ne se mêla à son chagrin.

— Puisqu'il est envoûté, se dit-elle, ce n'est pas sa faute s'il ne m'aime point.

A partir de ce jour, la jeune fille ne roula plus qu'une pensée dans sa jolie tête ; la pensée de guérir son cousin, si la chose était possible.

Bientôt de nouveaux sujets d'inquiétude vinrent s'ajouter aux craintes qui tourmentaient les parents de Francis. Ils s'aperçurent que leur garçon sortait toutes les nuits et ne rentrait qu'à la pointe du jour.

Ils essayèrent de lui parler de ses sorties nocturnes. Francis, qui ne savait pas mentir, ne tenta pas même de s'en défendre ; mais il coupa court à toutes questions par ces mots prononcés d'un ton si grave et si ferme, qu'il effraya les vieux paysans :

— N'essayez pas de me suivre ; il vous arriverait malheur.

Où pouvait aller Francis ? Au sabbat, peut-être...

A cette pensée, les braves gens sentirent leurs cheveux se dresser ; mais, comme chacun sait qu'au sabbat les sorciers tordent le cou des imprudents qui essayent de surprendre leurs mystères, ils n'eurent garde d'enfreindre la défense de leur fils.

La chose fut contée aux Bastien qui se signèrent d'épouvante. Seule, la petite Fanchette ne se sentit nullement effrayée. Soit qu'elle ne crût pas au sabbat, soit que l'amour, la pitié, peut-être même la jalousie lui inspirassent un courage surnaturel, elle se dit résolument :

— Je saurai, moi, pourquoi il sort ainsi pendant la nuit.

Elle se tint donc, chaque soir, aux aguets à sa fenêtre, bien déterminée à le suivre, si elle le voyait sortir. Mais pendant plusieurs jours, soit que Francis enveloppât de précautions inouïes ses expéditions nocturnes, soit qu'il ne sortît pas réellement toutes les nuits, elle n'aperçut rien.

On comprend que Fanchette n'avait mis personne dans la confidence de son projet, de crainte qu'on ne lui défendît de l'exécuter.

Un jour enfin, l'horloge du village venait de sonner la demie de dix heures; tout à coup Fanchette vit apparaître une forme blanche qui sortait de la maison des Giraud; cette forme passa non loin de sa fenêtre, et, à la faveur d'un rayon de la lune, elle reconnut la figure de Francis.

Après avoir saisi une petite branche de buis bénit qui protégeait sa couche virginale, elle sortit doucement de la maison, et s'élança à la poursuite de son cousin.

Il marcha pendant près d'une demi-heure, d'un pas ferme et égal; arrivé à la clairière aux Acacias, ainsi nommée parce qu'une petite plantation d'acacias s'élève au milieu d'une assez large plaine dépouillée d'arbres, mais émaillée de toutes sortes de fleurs naturelles, Francis franchit le ruisseau qui traverse la clairière et entra sous l'ombrage des acacias.

Fanchette s'avança sur la pointe des pieds, non sans que

le cœur ne lui battit bien fort, et écartant doucement quelques branches, aperçut Francis à demi couché sur l'herbe, le coude appuyé sur un petit monticule de gazon.

L'air était doux; la brise agitait faiblement les branches d'acacias qui couvraient le jeune homme d'un dôme de verdure, et sur les fleurs de titimail qui entouraient le bosquet d'une bordure violette, les insectes nocturnes et les gros papillons qui ne s'éveillent qu'au crépuscule voltigeaient en bourdonnant.

Francis parlait seul; du moins ce fut l'idée de la jeune fille, car elle ne voyait personne auprès de lui.

— Me voici, disait-il, ma belle demoiselle aux ailes vertes, je viens à notre rendez-vous. Secoue sur mon front les perles de rosée que tes ailes ont prises aux plantes humides, et bourdonne à mon oreille ces chants du ciel dont tu as surpris le secret, en voltigeant parmi les anges du bon Dieu.

Il se tut, et sembla écouter réellement les chants du ciel répétés par la demoiselle.

Fanchette promenait partout ses yeux tout grands ouverts; mais elle ne voyait rien.

— Oh! dit Francis, après un long silence, je voudrais passer ma vie ainsi, ma tête appuyée sur tes genoux, ma reine ailée...

La reine ailée demeurait toujours complétement invisible pour Fanchette, qui, prise d'une idée subite, entra dans le bosquet, s'assit sur le monticule de gazon et fit glisser doucement la tête de Francis sur ses genoux.

— Mon front brûle, murmura Francis; rafraîchis-le par un baiser.

Fanchette hésita longtemps; puis, enfin, elle se pencha sur le front de son cousin et l'effleura de ses chastes lèvres.

Ce baiser humain, qui ne ressemblait pas aux baisers réels ou imaginaires, mais complétement éthérés de l'être fantastique que Francis venait rejoindre ou rêver sous le bosquet d'acacias, le tira brusquement de son extase.

Il se dressa d'un bond, et s'écria, en reconnaissant Fanchette :

— Toi, Fanchette! Eh quoi! ma belle demoiselle aux ailes vertes, c'était toi!

Une autre que Fanchette se fût hâtée de le désabuser; mais la petite blonde avait trop d'esprit pour cela.

— Oui, c'était moi, lui dit-elle.

— Toi qui, chaque soir, m'attirais et m'apparaissais sous ces acacias.

— Moi-même, répondit la rusée fillette; mais à présent le charme est fini; le bon Dieu m'a repris mes ailes, et tu ne vas plus m'aimer.

— Oh! plus que jamais! s'écria Francis en couvrant ses mains de baisers.

Bientôt la teinte rose du jour qui apparaissait à l'Orient, effaça peu à peu les pâles rayons de la lune sur la campagne.

Les insectes et les papillons de nuit rentrèrent dans leurs mystérieuses retraites pour dormir à leur tour, et les oiseaux commencèrent à s'agiter et à gazouiller dans les branches.

34

— Voici le jour, dit Fanchette ; il est temps de retourner au village.

— Retournons au village, dit Francis.

Les deux enfants se prirent par la main et regagnèrent le Val-Fleury, en suivant les sentiers humides.

Huit jours après cette nuit mémorable, on célébra le mariage de Fanchette et de Francis, complétement revenu aux choses de la terre.

Un médecin, homme très-savant, auquel Fanchette raconta plus tard l'histoire de son mariage, déclara que Francis avait été somnambule, et que, par une singulière faculté, il conservait, éveillé, les hallucinations de cet étrange sommeil.

Fanchette ne répondit rien et se contenta de secouer la tête. La jeune femme se rappelait que, le lendemain de son mariage, elle avait trouvé sur la fenêtre de sa chambre nuptiale une demoiselle aux ailes vertes qui était venue mourir là.

— Pauvre demoiselle verte, soupira Cazotte ; croyez-vous
réellement, princesse, que cette libellule se soit si follement
amourachée de ce jeune vigneron ?

— On a vu des choses plus extraordinaires que celle-là,
répondit Ginebra ; mais je ne puis rien vous affirmer à ce
sujet. Une chose qui m'a laissé beaucoup à penser, c'est
que, d'ordinaire, les libellules ne se montrent que de jour,
et abandonnent l'empire des airs aux sphinx et aux bombyx,
dès que le soleil est couché.

— C'était une libellule exceptionnelle, dit Cazotte.

— Une libellule comme on n'en voit pas, fit la marquise.

— Ce qui le prouve bien, reprit le poëte, c'est la ballade
chantée par Francis Bertrand au clair de lune, et dans
laquelle il parle d'une fille de la nuit qui, jusqu'à ce jour,
m'était complétement inconnue. Cette jeune personne fantastique couronnée d'étoiles et vêtue de brouillards existait-elle
autre part que dans l'imagination de Francis ; était-ce la
même figure qui lui apparaissait avec des ailes vertes dans
ses rendez-vous de la clairière aux acacias ? J'avoue que toutes
ces choses laissent un peu de vague dans mon esprit.

— Mon cher poëte, dit en souriant la princesse, il m'est
impossible de vous éclairer sur ce mystère d'une manière

un peu satisfaisante. Je vous ai raconté, telle que je la savais, l'histoire du nouvel Endymion. N'ayant pas à mes ordres le génie familier du comte Cipio, qui pénétrait tous les secrets, il faut que je me contente de ce que mes faibles lumières me permettent de découvrir. Demain, pour vous dédommager, je vous raconterai une histoire parfaitement authentique, et qui ne laissera pas dans votre esprit ce vague dont vous vous plaignez ce soir.

Le lendemain, fidèle à sa promesse, la princesse Ginebra fit à ses hôtes le récit suivant, après leur avoir fait admirer une peinture sur panneau, qui représentait un jeune homme et une jeune fille occupés à échanger un amoureux baiser, en caracolant sur des chevaux ailés.

# L'AMOUR

# AU GALOP

---

Voici comment, malgré les deux mille lieues qui les séparaient, Georges et Carmen avaient fini par s'embrasser.

Bien que fils d'un opulent fermier général, Georges Dupleix avait l'esprit aventureux et le cœur disposé aux émotions de roman. Son père, qui jouissait d'un grand crédit auprès du cardinal Dubois, venait de lui obtenir la survivance de son emploi. C'était une mine d'or tout ouverte et garnie déjà d'esclaves en train de l'exploiter, au profit du maître.

Georges le savait. Un beau jour, cependant, le fermier général Dupleix reçut une lettre, datée de Bordeaux, d'où son fils lui faisait ses adieux. Il s'en allait, disait-il, courir le monde sur un vaisseau qui partait pour le golfe du Mexique.

Ce brave père, qui ne comprenait pas qu'on pût désirer autre chose qu'un coffre-fort, fut stupéfait et désolé.

35

— Mon fils est devenu fou! s'écria-t-il en lisant cette boutade. Pourquoi l'ai-je laissé fréquenter les comédiens, les philosophes et les marquis?

Laissons là le financier, et suivons le fils.

Georges passa six semaines à s'enivrer des horizons sans bornes, qu'il avait si souvent rêvés dans les bureaux paternels. L'enthousiasme de la liberté le sauva du mal de mer. Il débarqua sain et sauf sur la plage de la Vera-Cruz.

Aussitôt débarqué, Georges songea à quitter la ville pour s'enfoncer dans les forêts vierges et parcourir les vastes *pampas* sur les chevaux indomptés du pays.

Comme il roulait ce plan dans sa tête, il vit sur le port trois colosses basanés, portant de grands chapeaux de palmier et des bottes souples qui les chaussaient jusqu'au-dessus des genoux. Ces gaillards lui plurent d'autant mieux qu'il flaira en eux des chasseurs des hautes terres. Pour le moment ils comptaient à un capitaine de vaisseau marchand, des peaux de cerfs et de jaguars, que celui-ci leur payait en barils de rhum ou de vin, en instruments de travail et de destruction.

Quand ces Espagnols exotiques eurent fini leur marché, Georges alla tout bonnement leur offrir sa compagnie; à cette proposition, les trois chasseurs haussèrent les épaules.

— Si tu veux laisser tes os dans la Sierra, dit l'un d'eux, tu peux nous suivre; mais tu feras mieux de t'embarquer avec le capitaine Manoël, qui part demain pour le pays où l'on dort dans la plume.

La raillerie était forte; mais l'apparence justifiait le rail-

leur. Quoique bien pris et taillé d'une façon assez vigoureuse
pour un citadin des pays civilisés, le fils du fermier général
faisait un contraste frappant avec les trois chasseurs mexicains.
Sa chevelure blonde, ses yeux bleu-tendre et sa peau blanche
ne semblaient pas capables de résister un jour entier aux
attaques du soleil et des moustiques.

Cette fois cependant l'apparence avait tort; la soif de poésie
et l'amour des choses hors ligne avaient cuirassé ce charmant
adolescent contre les fatigues et les luttes de toute espèce.
C'était d'ailleurs une de ces natures françaises enthousiastes
et nerveuses qui, à quelques jours de distance, dorment avec
une égale facilité dans la plume ou sur le glacis d'une for-
teresse assiégée.

Il répondit donc à la raillerie du *gaucho* (paysan mexicain)
par une fanfaronnade de mousquetaire et fut admis par nos
trois compagnons, qui finirent par s'intéresser à cette cu-
rieuse expérience.

Il quitta son costume français, acheta un cheval fraî-
chement venu des solitudes de l'intérieur, se munit de haches,
de fusils, de pistolets et de couteaux longs, et se mit en route
avec ses nouveaux amis.

Les trois géants, tout en admirant la bonne grâce de Georges
à manier son cheval et à porter son nouveau costume, échan-
geaient au départ des doutes largement motivés, selon eux,
sur la possibilité où serait dans quelques heures ce fringant
jeune homme de les suivre dans leur pénible excursion.
Celui-ci n'y prenait pas garde; il feignait de ne pas les

entendre, et pour les détourner de ces idées injurieuses,
il se mit à entonner des ponts-neufs gaillards qui enchan-
tèrent les Mexiçains.

Sur les neuf heures, comme on pensait à faire halte, un
gros nuage, dont les ailes fauves et cuivrées s'étaient
étendues en quelques minutes sur la moitié du ciel, vint
cacher le soleil aux voyageurs. Il fallut chercher un abri;
car de grosses gouttes annonçaient un déluge d'une heure
au moins.

— Voilà notre affaire, dit l'un d'eux, nommé Lopez; entre
ces trois larges acajous étouffés sous les lianes, nous trou-
verons un toit plus sûr que celui d'une *venta*.

Comme ils se dirigeaient vers le lieu indiqué, une portion
circulaire de terrain de la largeur d'un muid parut se sou-
lever et trembler. A cette vue, nos compagnons furent saisis
de terreur. Lopez sauta dans ce cercle mouvant et se mit à
en battre la terre avec force, en recommandant aux autres de
fuir à la hâte.

Georges Dupleix ne bougea pas; à toutes les injonctions du
Mexicain, il répondait :

— Pourquoi fuir? Où est le danger?

Lopez le prit dans ses bras, et l'emportant de force :

— C'est un boa, lui dit-il; il sent la pluie; il va sortir
affamé d'une diète de plusieurs mois, terrible comme douze
jaguars et rapide comme la flèche ou le lazzo.

— Bah! dit Georges, je veux voir ça; allez où vous vou-
drez; moi, je reste.

Disant cela, il se dégage des bras de celui qui voulait le sauver de force, et se met à examiner le cercle foulé par les pieds de Lopez.

Comme l'avait prévu celui-ci, le terrain se souleva de nouveau; la tête brune, tachée de rouge et de jaune, du reptile gigantesque en sortit comme un trait, bondissant jusqu'aux premières branches des arbres; puis, plus vite que la pensée ne peut le concevoir, le boa tordit son corps et porta sa vue dans toutes les directions, en tournoyant sur lui-même.

À cet aspect, Georges eut un mouvement de terreur instinc-tif; il se cacha derrière un large ceyba et arma un pistolet. Cependant l'animal, semblable à un mât de corvette vivant, se lança dans la direction des chevaux, que les Espagnols avaient abandonnés. Il passa en faisant siffler l'air près du ceyba où Georges, qui avait repris son sang-froid, guettait ses mouvements.

Celui-ci, aussi rapide que le boa, se retourna, presque sous le fouet de la queue du monstre, et l'abattit, d'une balle en pleine tête, sur le sol, où il bondit longtemps encore avant d'expirer.

— Venez! venez! cria-t-il après cet exploit, la place est libre sous les acajous; celui qui voulait nous en chasser n'a plus besoin de *sombrero*.

Pendant tout le temps que dura l'orage, le jeune Français fut l'objet de l'admiration sans bornes des coureurs de bois. L'un d'eux arrangea de suite à son profit une vieille cantilène

importée de la mère-patrie, où il était fort question de Maures
et de Castillans.

Leur enthousiasme pour leur nouveau compagnon grandit
encore lorsqu'ils le virent, contre leur attente, insensible à
la fatigue, riant et chantant avant de s'endormir en plein
air, comme s'il eût été dans un palais, après avoir fait
quelques milles en carrosse.

Cette insouciance et cette gaieté dans la vie rude étaient
inexplicables pour les gauchos, surtout lorsque, répondant à
leurs questions, Georges leur raconta sa jeunesse. Comment
ce corps fluet, aussi grêle en apparence que le corselet d'un
papillon, avait-il pu quitter les délices de la maison somptueuse
du fermier-général, pour venir chercher dans le Nouveau-
Monde les fatigues et les dangers? Telle était la question
qu'ils se posaient sans cesse.

— Si j'ai le corps fluet du papillon, répondait Georges,
j'en ai aussi l'instinct capricieux; je n'aime pas que les fleurs
du jardin où je vole se ressemblent. Je suis venu parmi vous
dans le seul but de donner de l'occupation à mes ailes, avec
la seule envie de varier mon existence par des aventures toujours nouvelles et inconnues.

En cinq jours ils avaient fait quatre-vingts lieues, couchant
à la belle étoile, à défaut de ferme isolée ou de venta. Chemin
faisant, leur nombre s'était augmenté. Georges avait fait de
nouvelles connaissances et provoqué de nouveaux étonne-
ments. Comme il avait résisté à la fatigue, à la soif et aux
moustiques sans se plaindre, il était devenu un véritable héros

de légende pour les gauchos, et ses premiers amis le prenaient déjà pour texte de récits exagérés et de merveilleuses
histoires, lorsqu'ils rencontraient des oreilles disposées à les
écouter.

Je ne veux pas vous faire le détail minutieux des courses
aventureuses de Georges Dupleix; cela nous éloignerait par
trop du sujet de notre cadre. Voici la chose en quelques
mots.

Il suivit ses guides dans les vastes forêts qui avoisinent la
baie de Campêche. Là ils eurent un engagement avec des
flibustiers anglais qui venaient chasser les bœufs, pour en
revendre la chair fumée aux coupeurs de bois rouge et aux
équipages des vaisseaux qui le venaient charger.

Cette expédition achevée, ils firent ce qu'avaient fait les
flibustiers; seulement, au lieu d'abattre les taureaux avec
leurs fusils, ils les enlaçaient dans les lanières de leurs
lazzos, afin d'éviter l'esclandre et de ne pas effaroucher ces
braves ruminants.

Après plusieurs semaines de cet exercice, Georges suivit
une troupe de muletiers qui s'en allaient à San-Luis de
Potosi. Arrivée dans les montagnes, la caravane eut une
alerte assez chaude de la part d'Indiens en maraude; ce
qui procura à Georges l'occasion de se mettre à la tête de
ses compagnons, de faire des prodiges de valeur et d'aug-
menter encore sa miraculeuse réputation.

Avant d'arriver aux mines d'or du Potosi, nos voyageurs
rencontrèrent des chasseurs de jaguars et de pecaris, aux

oreilles desquels le nom du prodigieux Français était déjà parvenu. Il abandonna donc les muletiers et se mit bravement à battre les maquis avec cette nouvelle troupe, qui s'en allait, en suivant la rive droite du *Rio-Grande*, du côté du bourg d'Icaponeta.

A cette époque Valdès Siguanto, qui se prétendait hidalgo de race sans tache et dont la fierté égalait celle d'Artaban pour le moins, venait d'être nommé gouverneur de Guadalaxara, en attendant, pensait-il, qu'on'eût reconnu ses droits à la vice-royauté de Mexico.

Or, Carmen était la fille de ce Valdès Siguanto; elle était belle comme un ange et hardie comme un démon. Elle chassait sans peur le taureau des savanes, domptait les chevaux sur les rives du Rio-Grande, et lançait le lazzo aux sangliers avec une habileté sans égale.

Elle avait, dans une circonférence de pays indéterminée, de la savane à la sierra, de la mer Vermeille jusqu'au golfe du Mexique, une réputation de fée parfaitement établie.

Au dire des indigènes, elle jetait des filtres d'amour sur tout ce qui l'approchait. Elle se faisait adorer des hommes et des bêtes; ses négresses et ses péons auraient sans hésiter consenti à mourir pour elle, si cela avait paru lui faire plaisir. Elle donnait, disait-on, des ailes à sa monture. Si l'Arioste l'eût vu dévorer l'espace sur son genet favori, heureux de porter un si glorieux poids, il eût cru voir une de ses belles héroïnes parcourant l'air sur Hippogriffe, ce rapide coursier ailé.

On racontait encore qu'elle disparaissait souvent de la maison du seigneur Siguanto, qu'elle passait des semaines entières dans les *pampas,* où elle vivait des arômes de l'air et des parfums des fleurs.

Le bon sens vulgaire avait deviné la nature intime de Carmen, comme l'instinct naturel des trois coureurs de bois avait compris l'analogie caractérielle de Georges Dupleix. Ces deux étranges créations étaient plutôt, pour leur entourage, de la race porte-entennes que de la race porte-cheveux.

Vous le voyez, moi, la princesse Ginebra, douée d'une intuition exquise et parfaite pour deviner les ailes et les couleurs, je n'aurais certainement pas mieux découvert l'emblème du caractère de ces jeunes gens.

La passion de Carmen pour les exercices violents et la fierté sans bornes de Son Excellence le gouverneur avaient jusqu'à présent fait damner tous les poursuivants de cette rare beauté. Valdès Siguanto réservait ce beau fruit plein de sève et si délicatement doré du soleil, à quelque vieux Grand d'Espagne, qu'il se proposait de découvrir quand il serait vice-roi. C'était son rêve favori.

Carmen en l'entendant caresser de semblables projets, se contentait de faire une petite moue significative, sans donner hautement son avis.

Lorsqu'elle pensait à l'amour, ce qui lui arrivait rarement, malgré ses dix-neuf ans accomplis, elle songeait à son habileté

37

à la chasse, à son adresse à lancer le lazzo; un mari était un gibier comme un autre, à surprendre et à dompter.

Cependant, par un de ces beaux matins de la saison sèche, où le splendide soleil du Mexique se plaît à lancer des flèches aussi ardentes que celles de feu Cupidon, la belle créole se réveilla pleine de trouble. Elle venait de faire un rêve singulier, bien singulier pour elle, la Diane orgueilleuse du Nouveau-Monde; elle avait été blessée au cœur par un Endymion à la chevelure blonde, au teint blanc rosé, presque imberbe, délicat et élégant de formes comme une femme, mais robuste et courageux comme un Hercule. Ce songe voluptueux l'humiliait; elle qui voulait vaincre serait donc vaincue. Et pourtant, il était si beau !

Ce dernier point, tout en prolongeant son émoi, la rassurait; il était si beau, qu'il n'était pas vraisemblable. Où trouver, en effet, le type de son rêve, au milieu de ses bruns compatriotes, bronzés fortement par le climat, et dont le soleil avait boucané les membres et mis les nerfs à fleur de peau.

Ce merveilleux vainqueur serait-il par hasard le langoureux secrétaire de son père, ce César Caravalho qui, depuis l'âge de raison, grattait d'un air bête sur sa guitare une scie unique et agaçante, pour lui prouver sa passion? Serait-ce le fils de l'alcade, Ruy Velasquez, ce jeune taureau noir, chevelu comme Samson, flasque et lâche comme un gardien de harem? Ou bien ce fanfaron cuivré, José Tomillo, qui ne tarissait jamais de bravades et s'exerçait à la lutte sur des nègres sans défense? Ou bien encore Pedro Romero, l'aven-

turier qui payait à beaux deniers comptants le meurtre de ses
ennemis?

— En vérité, dit-elle avec amertume, je n'ai rien à craindre
de mon entourage; ce n'est pas à eux que je devrai assurément de voir se réaliser cette impertinente prophétie!

Après avoir soupiré un peu en comprenant l'impossibilité d'être
domptée par le beau type de son apparition, elle résolut de
courir les champs pour rendre tout à fait le calme à ses esprits.

Elle monta à cheval, se fit suivre par quatre péons,
dont deux eurent ordre de prendre en croupe ses deux
négresses favorites, et elle s'en alla à un *pueblo* des environs
qui appartenait à Valdès Siguanto, son noble père. De ce
point elle recommença ses chasses et ses courses vagabondes
à travers les bois des environs.

Ce remède héroïque ne réussit pas aussi complétement
qu'elle s'y attendait; elle se surprit souvent à rêver, au lieu
de poursuivre ses anciennes proies, et pour chasser cette
langueur dangereuse, il lui arrivait souvent de se lancer à
fond de train, sans craindre les lianes ni les branches qui
pourraient lui barrer le chemin.

Il y avait à peine huit jours que la fière Carmen suivait
ce vigoureux régime quand, au milieu d'une de ces courses
échevelées, elle entendit venir à elle le galop d'un cheval.
Les péons qui l'avaient accompagnée étaient restés en arrière;
ce n'était certainement pas eux.

A peine avait-elle eu le temps de s'étonner de ce bruit inac-
coutumé, qu'elle aperçut dans le lointain un cavalier qui

venait à elle. Une liane lui avait sans doute enlevé son chapeau, car son abondante chevelure flottait au vent. O surprise! il était blond, et son teint, malgré l'animation de la
course, semblait plus blanc que celui d'une jeune fille qui
aurait passé sa vie dans un hamac mollement balancé par
la main d'une esclave.

A cette distance, Carmen seule, avec cette puissance de
divination que donne le désir d'aimer, pouvait saisir de
pareils détails. Personne autre que la charmante fée du
Rio-Grande n'eût pu deviner, à plus d'un demi-mille d'éloignement, la beauté sérieuse de l'arrivant et la couleur de
ses cheveux.

Il faut que la chose soit bien vraie pour oser la conter
ici; si elle était fausse ou même exagérée, je n'aurais jamais
cette hardiesse, assurée que, malgré la limpidité de l'horizon
mexicain, plus d'un hésiterait à ajouter foi à un pareil
miracle de la vue. Avant de se rejoindre, Carmen et l'inconnu
avaient encore deux plantations de cannes à sucre et un
champ de bananes et d'ananas à traverser, plus un large
ravin à franchir, au risque de s'abîmer dans les roches, où
bouillonnait un torrent.

Mais qu'importait à l'ardente amazone la distance et le
danger : l'amant de son rêve était devant ses yeux!

A sa vue Carmen sentit la blessure de son cœur se rouvrir
avec une ineffable volupté. Un élan irrésistible s'empara de
son âme; le désir lui donna des ailes, son cheval vola
comme emporté par un tourbillon.

Dans leur course aérienne ils s'effleurèrent des lèvres

L'inconnu, de son côté, obéissant à une impulsion spon-
tanée, magnétique, s'élança à fond de train vers cette entraînante vision. Son corps, volatilisé par un enthousiasme
étrange, ne pesa plus à sa monture, qui surpassa, dans
l'ardeur de sa course vertigineuse, tous les chevaux ailés
des féeries des meilleurs temps. Le cavalier prêtait en ce
moment au noble animal la légèreté de sa nature de
papillon.

C'était un gracieux tournoi, ayant pour champ-clos la terre
à peine foulée du Nouveau-Monde. Cette fois, les deux tenants,
au lieu de fondre l'un sur l'autre, dans l'intention de se
meurtrir ou de s'entre-tuer, avaient un but plus doux. Leur
seul désir était de s'effleurer des lèvres dans leur course
aérienne.

La distance fut franchie avec la rapidité de l'étincelle
électrique et Carmen sentit au passage le bel étranger
imprimer sur ses lèvres un de ces baisers ardents, profonds,
magnétiques, qui sont pour les jeunes cœurs une révélation
suprême et un serment d'amour sans fin.

Carmen faillit mourir de bonheur. Revenue à elle, elle
arrêta son cheval et retourna sur ses pas. Courageuse et
forte comme elle était, son parti fut bientôt pris; elle
ne regretta pas ce moment d'abandon; quel que fût ce
jeune étranger auquel elle venait de tendre les lèvres, elle
l'aimait.

Pour cette fille, d'une simplicité grandiose, la passion,
c'était la voix de Dieu; elle y obéit donc sans balancer. Et

38

pourtant elle rougit pour la première fois en abordant l'inconnu qui était également revenu sur ses pas.

— Señor, lui dit-elle, venez chez mon père.

Et l'inconnu, sous le charme enivrant d'une pareille rencontre, obéit et mit son cheval au pas de son gracieux guide.

Pour une Parisienne, ce jeune homme eût été tout bonnement un insolent. A vrai dire, si une hardiesse pareille à celle qu'il se permit vis-à-vis de la naïve fille du gouverneur n'eût pas été l'effet d'un enthousiasme spontané, instinctif, impossible à maîtriser, c'eût été à nos yeux, comme à ceux des dames de tous les pays, une grossière familiarité.

Mais cette délicate appréciation sera facile quand nous aurons appris à nos lectrices que le téméraire amant de la forêt n'était autre que le poétique et aventureux Georges Dupleix, qui depuis trois jours se trouvait seul et égaré.

Lorsque le superbe gouverneur de Guadalaxara apprit cette aventure, si vivement sentimentale, il s'en montra presque enchanté. Malgré sa raideur, il reçut l'aveu de l'amour de sa fille avec beaucoup de docilité; il était ravi comme elle de la charmante tournure de Georges, et se montra envers lui un hôte poli et empressé.

Son admiration grandit encore lorsque les chasseurs de jaguars, en quête de Georges, vinrent à Guadalaxara raconter ses exploits et la renommée qu'il s'était acquise auprès de tous les coureurs de bois et de pampas, des bords du Rio-Grande jusqu'à la baie de Campêche.

Rien ne manquait donc au bonheur du fils du fermier-

général français. Carmen avait oublié pour lui son activité
sans frein ; lui-même perdait entièrement auprès de la belle
créole son humeur vagabonde ; il eût volontiers passé sa vie
à la contempler.

Cependant Valdès Siguanto, qui à ce compte eût perdu le
Grand d'Espagne qu'il rêvait pour gendre, réveilla une nuit
son ami Georges et lui proposa, pendant que Carmen dormait encore, d'aller visiter ensemble les immenses troupeaux
de ses domaines. Georges voulait aller embrasser Carmen
avant de partir.

— A quoi bon ? Laissez-la dormir ; elle n'en sera que
plus belle ce soir, dit le gouverneur.

Et il l'entraîna.

Comme vous l'avez deviné, cette partie de campagne était
un piége. Georges Dupleix, saisi à l'improviste par les péons
du gouverneur, fut garrotté et entraîné pendant plusieurs
jours à travers des chemins inconnus. Arrivé à San-Blaz,
port mexicain sur la mer du Sud, il fut mis à bord d'un
vaisseau péruvien, auquel on paya largement son passage,
à la seule condition de faire de lui ce que bon leur semblerait.

Le soir de ce bel exploit, le noble Valdès Siguanto revint
seul au palais de son gouvernement. Il avait la conscience
fort calme ; cependant il n'osa prévenir l'inquiétude de sa
fille, en lui racontant tout d'abord sur son protégé quelque
roman plus ou moins vraisemblable.

Sa volonté hautaine et despotique s'arrêtait à Carmen ;

c'était la seule âme au monde qu'il ne se plût pas à fouler
aux pieds. Soit tendresse ou sentiment de son infériorité,
l'inflexible gouverneur fléchissait sous la volonté de cette
enfant. Il craignait la loyale réprobation de sa fille, et trem-
blait de voir son œil si pur flamboyer sur lui.

— Georges tarde bien à venir, dit Carmen.

Le gouverneur ne répondit rien.

— Où l'avez-vous donc laissé, cher père?

Il fallait parler; un pareil silence était terriblement com-
promettant.

— Où j'ai laissé Georges, ma *ninia?* fit d'un ton embarrassé
le seigneur Valdès.

— Lui serait-il arrivé quelque accident?

— Je ne le pense pas, Carmen.

— Mais comment n'est-il plus avec vous?

Don Siguanto fit un soupir énorme et essuya son œil sec,
où jamais n'avait paru la moindre larme.

— Ah! mon Dieu! s'écria la pauvrette, je le vois, Georges
est mort! Mon père, dites-moi le nom de son assassin!

Disant cela, la noble fille, pâle comme la cire vierge, se
leva et s'approcha de son père, dont elle prit convulsivement
le bras.

— Calme-toi, répondit le gouverneur, effrayé d'une aussi
vive émotion; je te jure au moins que je l'ai quitté en bonne
santé.

— Mais où donc l'avez-vous quitté, et pourquoi, mon père,
l'avez-vous quitté?

— Ecoute, Carmen; puisque tu me forces à renouveler mon chagrin, je t'avouerai tout.

Carmen retomba sur sa chaise comme anéantie.

— Eh bien! avouez-moi tout.

— Georges, ma chère fille, s'ennuyait parmi nous...

— Oh! pour cela, c'est impossible!

— C'est si possible, qu'il m'a chargé de te faire ses adieux, m'a embrassé moi-même et est parti pour San-Blaz, dans l'intention de continuer sa vie d'aventures.

La pauvre amante avait tout deviné; mais le serment de son père, qui l'assurait de la vie du Français bien-aimé, lui rendit un peu de courage; les reproches et les larmes ne lui serviraient à rien désormais. Il valait mieux feindre de croire à un départ, en attendant mieux.

— Il est parti pour San-Blaz? dit-elle.

— Il est parti pour San-Blaz.

— Sain et sauf?

— Sain et sauf.

— Voyez, mon père, je suis forte, je suis prête à oublier cet ingrat; ne me cachez donc rien. Est-ce bien à San-Blaz qu'est allé ce parjure?... L'avez-vous vraiment quitté sain et sauf?

— Par le corps du Christ! ma chère Carmen, Georges Dupleix est sur la route de San-Blaz, où il arrivera sain et sauf, comme je l'ai quitté.

— N'en parlons plus, termina Carmen. Sa résolution était prise dès ce moment; elle feignit de n'y plus penser.

Pendant ce temps-là, Georges, lié sur son cheval, à peu

39

près comme Mazeppa, gagnait à fond de train, et bien contre
son gré, le petit port où il devait être livré.

Chemin faisant, il tenta de désarmer par ses promesses et
son éloquence les gens du gouverneur. Il employa à cet effet
toutes les sortes de séduction, parla de la caisse largement
garnie de son père, de la protection efficace de ses nouveaux
amis les coureurs de bois, les muletiers de Potosi et les chasseurs des sierras. Il offrit des troupeaux, des ventas, des
pueblos entiers à ces pauvres diables qui demeuraient esclaves
de Valdès Siguanto, faute de pouvoir lui rendre quelques centaines de piastres qu'ils lui avaient empruntées.

Aucune de ces paroles dorées n'eut le pouvoir de détendre
les faces mornes de ses gardes. Ils n'ouvraient la bouche que
pour presser le pas de leurs montures.

Georges comprit enfin que le satané père de Carmen l'avait
livré à des indigènes de la montagne que leur ignorance
complète de la langue espagnole rendait absolument incor-
ruptibles. S'il avait eu au moins les mains libres, il aurait essayé
le langage des signes; mais Valdès avait tout prévu : les deux
mains du jeune Français étaient attachées sur son dos, en
manière de giberne.

Il fallut se résigner à gagner San-Blaz, où il arriva meurtri,
moitié mort et découragé.

Les compagnons auxquels il fut livré comprirent d'autant
mieux les intentions du señor Siguanto que, pour les engager
à recevoir ce joli prisonnier, on leur paya une rançon, comme
s'il se fût agi de le racheter.

En se voyant l'esclave de cette espèce de corsaires, le pauvre Georges eut d'abord envie de se jeter aux requins; mais l'idée de mettre une séparation éternelle entre lui et sa chère Carmen le retint. Il essaya de se rendre utile à l'équipage et parvint en peu de temps à les intéresser grandement en sa faveur.

Il apprit à faire la manœuvre et y réussit promptement. Il savait chanter et égayait les longs jours de la traversée par des bribes d'opéras et des chansons pleines d'entrain ; il contait à merveille et faisait à ces civilisés, redevenus sauvages dans les solitudes de l'Amérique, des récits parfaitement brodés sur les peuples de la vieille Europe.

Au bout de quinze jours, ses geôliers se seraient fait tuer pour lui. Georges n'en demandait pas tant.

Son seul but était de se faire abandonner bénévolement par les Péruviens dans un havre de la côte, à la hauteur de la baie au bois rouge, où il comptait retrouver ses anciens amis. Cela fut fait comme il le désirait. Il fut laissé à Tehuantepec, avec quelques-unes des piastres du traître Valdès Siguanto, pour l'aider à se faire conduire à travers l'isthme jusque sur les bords du golfe.

Une fois à terre, son premier soin fut de chercher une nouvelle troupe nomade. Il se promenait en y réfléchissant, lorsqu'il se sentit frapper sur l'épaule par une main vigoureuse.

— Ah ! je vous tiens donc ! lui cria-t-on. Cette fois vous ne m'échapperez plus; car en votre absence on a disposé de vous.

Il se retourna vivement, et reconnut un des trois géants cuivrés qui, à sa première rencontre, comptaient des peaux sur le port de la Vera-Cruz.

— Oui, oui, reprit celui-ci, on a mis votre tête à prix dans toute la côte, depuis San-Blaz jusqu'à Panama; mais il faut qu'on la livre toute frisée et tenant encore solidement sur vos épaules.

— Eh! mon cher Lopez, que veut dire cette plaisanterie?

— Eh! mon cher seigneur Georges, répondit Lopez, je plaisante si peu, qu'après avoir partagé avec vous un morceau de sanglier rôti et quelques bananes, je pars avec cinq ou six braves pour aller vous livrer.

— Voyons, me livrer à qui?

— Tenez, señor, ne me questionnez pas ainsi; cela me tourmenterait inutilement; car je suis résolu à me couper plutôt la langue que de vous livrer mon secret. L'essentiel est que vous ne m'échappiez plus, et je puis au moins vous répondre de cela.

Georges se mit l'esprit à la torture pour deviner le mot de cette énigme. Qui avait donc aposté Lopez et ses compagnons sur son chemin? Était-ce encore l'infernal Valdès? Était-ce le résultat d'un espionnage de l'ombrageux gouvernement de Mexico?

Cependant, comment aurait-on choisi des hommes dans l'intimité desquels il avait vécu, qui lui avaient jadis paru dévoués à lui? Il est vrai, pensa-t-il, ces gens-là, pour une forte récompense, sont capables de tout. La pensée de Carmen vint un moment lui traverser l'esprit; mais une jeune fille aurait-elle eu assez de pouvoir pour mettre ces barbares des pampas au service de son amour?

Il essaya encore de questionner les compagnons de Lopez; mais tous imitèrent le mutisme de leur chef.

Lopez disait vrai. Tous les points de la côte où le vaisseau qui emportait Georges pouvait faire des vivres et de l'eau étaient surveillés. Avec une promptitude merveilleuse, les chasseurs de jaguars avaient tout préparé pour arracher aux mains de ses ravisseurs leur compagnon favori, aidés dans leur zèle par les prières et les récompenses de Carmen.

Si celui qui venait de l'appréhender au corps avait manqué cette occasion, d'autres, placés ailleurs en embuscade, auraient certainement délivré l'amant aimé de la fille du gouverneur de Guadalaxara.

Georges fut conduit à un petit port du golfe de Mexique, où le capitaine Manoël chargeait encore pour l'Europe. Il y fut gardé à vue, par Lopez et ses autres guides, avec un scrupule qui commençait à lasser prodigieusement ce fougueux ami des aventures et de la liberté. Il essaya inutilement cette fois ses moyens d'enchantement pour faire relâcher ces terribles gauchos de leur surveillance à son égard. Rien n'y fit. Il pensait bien qu'il ne courait aucun danger avec eux; mais il se mettait inutilement l'esprit à la torture pour deviner le motif de leur conduite.

Enfin Lopez le pria un matin de descendre; la personne à qui il devait être livré l'attendait en bas. Quelle fut la surprise de Georges, en voyant, sous les grands citronniers de la cour, Carmen, accompagnée de ses deux négresses favorites et des quatre péons qui lui étaient dévoués.

Ils se jetèrent dans les bras l'un de l'autre, et firent, devant les assistants, qui pleuraient de joie, malgré leur apparence peu sentimentale, le serment de s'unir religieusement l'un à l'autre dès qu'ils se verraient en sûreté.

Le reste de cette romanesque histoire vous est connue, marquise; vous avez souvent rencontré dans le monde la belle Carmen, dont le fils aîné, nommé Georges comme son père, se conduisit si vaillamment à la bataille de Fontenoy.

Ginebra ayant frappé deux fois sur un timbre d'argent, Azuleo, ce charmant iris qui avait couru le monde en qualité de page de don Olivarès de Moncade, parut devant sa maîtresse. Il tenait d'une main un vase d'Égypte à large col et à terre poreuse, de l'autre une serviette gonflée de fleurs à parfums.

Il posa l'alcarrazas près de la fenêtre et remit les fleurs à la princesse.

— Quel malheur, dit Cazotte que la science hermétique n'ait pas encore trouvé le moyen d'évoquer les silencieux personnages des gravures et des tableaux! Ah! si l'on pouvait à son gré faire descendre de leurs cadres d'or tous ces muets témoins des temps passés, quelle large source d'émotions serait ajoutée à notre soif insatiable de poésie!

— En vérité! fit la marquise de La Croix, ce serait là un merveilleux secret, et les efforts des illuminés devraient s'appliquer sans relâche à sa découverte.

— Croyez-vous, Marquise, reprit le poëte, que l'homme puisse jamais dérober cette précieuse puissance aux mystères de la nature?

— Pourquoi non? qu'il ait confiance illimitée en lui, et son pouvoir sera illimité.

— Si cela arrive jamais, la vie humaine sera une longue suite d'enchantements; chacun pourra, comme le calife des *Mille et une Nuits,* attendre le sommeil en écoutant des histoires qui, dans la bouche de leurs propres héros, prendront un cachet de vérité et de passion que les hommes n'ont peut-être pas encore soupçonné.

— Si vous possédiez déjà cette puissance d'évocation, dit Ginebra, quel est dans ma collection ailée le personnage que vous inviteriez le premier à prendre la parole?

Cazotte indiqua alors une réminiscence de la mythologie grecque, une Vénus moderne, ayant pour conque une large feuille de rosier et pour attelage deux papillons qui l'entraînaient à travers les airs.

— Je serais curieux de savoir comment cette scène toute féerique a pu se passer à notre mesquine époque, et cependant je ne veux pas remettre aujourd'hui vos forces et votre bonne grâce à une nouvelle épreuve.

— Oh! répondit en souriant Ginebra, que cela ne vous préoccupe pas trop : voici un breuvage parfumé de pétales de roses, de fleurs de capucines, d'œillets d'automne, de réséda et d'autres arômes naturels de mon jardin. Ce sont les papillons qui m'ont donné le secret de le préparer et celui d'y puiser comme eux la vigueur et la gaieté.

Disant cela, elle but un grand verre de l'eau glacée de l'alcarrazas, dans laquelle elle avait effeuillé les fleurs apportés par son page Azuleo.

— C'est bien là un vrai breuvage de papillon, dit le poëte après avoir goûté lui-même à la boisson embaumée.

— Il n'y manque, ajouta Ginebra, que de l'aller recueillir comme le font mes favoris, au fond des corolles et sur les tiges mêmes qui l'ont distillé.

# LE TRIOMPHE

# DE CYPRIS

La ville de Smyrne était ce jour-là en grand émoi; on n'entendait parler dans ses rues étroites que d'une belle esclave capturée sur une caïque chrétienne et exposée pour être vendue au plus offrant par le riche marchand Ismaël Ben-Abdallah. Malgré leur insouciance habituelle, tous les Turcs allaient voir cette fleur d'Occident.

La nouvelle en vint aux oreilles de Kosrew-Bey, pacha de la province. Il voulut juger par ses yeux de la valeur de cette capture précieuse, bien décidé, s'il trouvait réellement en elle un phénomène de beauté, à punir Ismaël de ne l'avoir pas conduite directement et soigneusement voilée dans la cour de marbre de son harem.

Arrivé au bazar des esclaves, les chaouchs armés de fouets écartèrent la foule, et Sa Hautesse put pénétrer jusqu'à

41

l'infortunée captive, qui se mourait de honte à se voir
exposée presque nue aux regards des infidèles.

— Dieu est grand ! s'écria-t-il, cette rose blanche n'était
point faite pour les jardins des mécréants.

Disant cela, il dénoua sa large écharpe de soie verte,
en couvrit la chrétienne, et se tournant vers un de ses
janissaires :

— Va-t'en dire à Nathan le juif, que je vois accroupi
sur le seuil de sa porte, de m'apporter à l'instant deux
mille sequins.

Nathan le juif apporta la somme sur-le-champ; il connaissait trop Kosrew-Bey pour oser hésiter. Celui-ci mit l'or
de Nathan devant les yeux d'Ismaël et en fit deux parts, à la
grande surprise du marchand.

— Ces deux mille sequins, lui dit-il, sont le prix de
l'esclave franji; mais comme tu as laissé pendant cinq
jours la foule visiter celle qui devait charmer les yeux de
ton maître, je te condamne à mille sequins d'amende.

Puis ayant ordonné aux chaouchs et aux janissaires de
charger les curieux, il mit la moitié des sequins de Nathan
dans sa ceinture et emmena la pauvre femme, sur laquelle
aucun croyant n'osait désormais lever les yeux.

Ceci se passait il y a environ cent ans, et le comte Cipio,
mon premier mari, qui était jeune alors, en fut témoin.

Il était allé comme les autres visiter la belle fille de
Provence exposée en vente. Malheureusement, en sa qualité
de chrétien, il ne pouvait la délivrer en l'achetant. Il

échangea cependant quelques paroles avec elle. Il sut qu'elle
se nommait Blanche Cypris, qu'elle avait été prise sur un
vaisseau de commerce qui allait de Marseille à Malte. Il lui
promit de veiller sur son sort et de la délivrer dès qu'elle
serait sortie des mains du marchand, où trop d'yeux étaient
attachés sur elle.

— Blanche Cypris, pensa-t-il, quel singulier nom! Cypris
ou Vénus, le fait est qu'elle est belle comme l'antique
Vénus, pour le moins. Ce nom aura été donné jadis à une
de ses ancêtres qui lui ressemblait. Quant au prénom de
Blanche, elle le mérite, en ce moment surtout, où sa douleur l'a rendue pâle comme un marbre d'Ionie. Va, pauvre
Cypris vaincue, je ne te laisserai pas profaner par les barbares, tu peux compter sur moi!

Cependant quand Cipio vit sa protégée enlevée par le
pacha, il faillit perdre courage. Il n'y avait guère de
moyens humains capables de ravir dans l'espace de vingt-
quatre heures une proie au harem de ce monstre de
jalousie.

Kosrew-Bey avait, vu sa haute dignité, une garde nombreuse de janissaires et de bourreaux, et au moyen de ses
richesses, acquises à force de rapines, il possédait à son
service les plus hideux et les plus impitoyables eunuques
que la race noire ait jamais livrés au commerce.

Cipio se mit à se frapper le front pour en faire jaillir une
possibilité de délivrance. L'idée d'aller trouver le consul
d'Espagne lui passa par la tête; mais ses compatriotes ayant

peu de relations avec la côte de Syrie et l'empire turc, le chargé d'affaires qui représentait son pays n'avait pas assez d'influence pour lui venir en aide en cette occasion.

D'ailleurs le consul d'Espagne était très-indirectement intéressé dans la mésaventure d'une chrétienne de Marseille; le représentant de France prendrait peut-être la chose en plus grande considération. Il alla donc trouver ce fonctionnaire.

— Monsieur, lui dit-il, une Française, capturée sur un vaisseau marchand de votre nation, vient d'être vendue comme esclave; elle compte sur vous pour la faire mettre en liberté.

— L'aventure, répondit le consul de France, est certainement désagréable pour la nouvelle odalisque; mais, à moins d'un ordre spécial du gouvernement de Sa Majesté très-chrétienne, je n'ai pas à intervenir dans une pareille affaire.

— Mais, monsieur, n'êtes-vous pas ici pour y protéger les intérêts de vos nationaux?

— Assurément.

— Eh bien, monsieur?

— En connaissez-vous qui aient des créances à recouvrer, des renseignements à obtenir sur les moyens d'emmagasiner leurs draps, leurs quincailleries, leurs épices ou leurs soieries? Sont-ils embarrassés à trouver des marchandises de retour? Désirent-ils des détails sur les diverses maisons de cette échelle? En ce cas, monsieur, adressez-moi ces sujets du roi, et j'ose espérer qu'ils trouveront ici toute espèce de satisfaction.

— Mais, monsieur, il s'agit d'un intérêt bien supérieur à
ceux dont vous me parlez. Une jeune femme, dont la disparition jette le deuil dans toute une famille, une chrétienne,
qui parle votre langue et vit de votre foi, va devenir la
proie d'un musulman barbare. C'est un viol, monsieur; c'est
une exécution lente, sans résistance possible, sans espoir, sans
témoins. C'est une martyre dont les plaintes devront mourir
entre les murs de sa prison.

— Je le vois, il s'agit de votre propre femme?

— Non, monsieur.

— De votre sœur?

— Pas davantage.

— Enfin, la chaleur que vous mettez à votre récit me
prouve que vous vous y intéressez vivement.

— Très-vivement, monsieur; j'ai juré de la délivrer.

— En ce cas, je ferai pour vous et pour elle tout ce qui
sera en mon pouvoir. Revenez dans quelques heures con-
signer entre mes mains les frais des démarches et la rançon
de votre protégée; en attendant, donnez-moi son nom et
celui de son nouveau maître; je ferai passer ces renseignements au ministre des relations extérieures par la plus
prochaine occasion.

— Mais, monsieur, l'infortunée sera déshonorée cent fois!
Elle aura eu le temps de mourir de honte et de douleur avant
la réponse du ministre!

— Vous avez raison; car si le ministre décide favorablement
à vos désirs, il faudra, pour appuyer la demande de délivrance,

42

envoyer quelques bonnes galères bien armées et bien montées,
et cela, en effet, prendra du temps.

En entendant cette dernière parole, Cipio mit brusquement
son chapeau sur sa tête et tourna les talons. Ce n'était pas le
compte de l'agent de France, qui guettait quelques centaines
de sequins à tirer de la poche de ce singulier solliciteur. Il
rappela le comte et lui dit :

— Voyons, monsieur, ne vous découragez pas si tôt; il se
peut qu'on agisse plus directement sur la personne de l'acquéreur; dites-moi donc son nom.

Le jeune Espagnol se retourna à demi.

— L'acquéreur de Blanche Cypris, dit-il, est Kosrew-Bey
lui-même, pacha de Smyrne.

A ce nom, le consul fit un bond de terreur.

— Le pacha de Smyrne! Allez-vous-en, monsieur; quittez
la ville dès ce soir, ou je vous fais surveiller avec soin; une
démarche indiscrète de votre part, une plainte, un murmure
peut coûter la vie à tous les Francs. Voulez-vous donc nous
faire étrangler, vous, moi et tous les honnêtes chrétiens qui
trafiquent dans ce pays !

Le comte n'avait pas attendu la fin de cette allocution;
il était déjà hors de la maison du trembleur.

Il songea alors à s'en aller dans le quartier franc prêcher
une croisade de quelques heures contre la polygamie, et
réveiller la haine du Turc dans le cœur des Européens.

Malheureusement, les paroles du consul venaient de l'en
avertir; les marchands qui représentaient l'Europe sur cette

terre maudite n'avaient pas les fantaisies guerrières des che-
valiers de Richard Cœur-de-Lion; leur prouesses n'étaient
pas précisément du même genre que celles des vaillants compagnons de Villiers de l'Isle-Adam.

Il songea à escalader les murs du harem de Kosrew pendant
la nuit, et à fouiller, seul et sans guide, ce labyrinthe si bien
gardé. Il pensa encore à gorger d'opium ou de haschich les
esclaves, les serviteurs et les odalisques du pacha.

Quelques semaines auparavant, un de ces incendies si
fréquents à Smyrne avait dévoré une centaine de maisons
dans le quartier des Arméniens. Il eut un instant l'idée de
renouveler ce sinistre, en commençant par le palais de Kosrew,
afin de profiter du désordre pour sauver Cypris.

Mais tous ces projets, de plus en plus fous, absurdes et
téméraires, ne résistaient pas à une minute d'examen; ils
se renversaient les uns sur les autres dans la pauvre tête du
comte, qui se désolait de toutes ces impossibilités.

Que faire? Tout autre que l'élève de Martinez Pasqualis
eût abandonné Cypris aux caresses de l'affreux musulman.
Là où les auxiliaires humains devenaient impuissants, Cipio
devait appeler à son aide un renfort d'une nature plus
ingénieuse et plus éthérée.

Plongé dans ses réflexions, il allait devant lui sans regarder
son chemin, et sortit de la ville sans s'en apercevoir. Il marcha
ainsi jusqu'à ce qu'il se vît arrêté par une ruine en rotonde
dont les pierres, depuis des années sans nombre, s'écrou-
laient mélancoliquement dans les eaux du fleuve Hermus.

Le comte vit, dans le hasard qui l'avait conduit en ce lieu, un véritable avis d'en haut. Il se souvint que Martinez Pasqualis, son illustre maître, aimait les ruines et qu'il y célébrait volontiers les mystères de la science hermétique. Sa grande âme se trouvait là plus à l'aise; elle y évoquait plus facilement les souvenirs des générations passées.

Ces lieux silencieux et recueillis lui semblaient le rendez-vous naturel des Esprits. Rien ne venait y troubler leurs mystérieux travaux, aucun bruit ne croisait la voix humaine qui voulait y communiquer avec eux.

Et puis, au milieu de ces décombres désolés, dont l'aspect rappelait la fragilité des créations de nos mains, le serpent venait rouler ses anneaux symboliques. Sur ces blocs effrités, sur ces marbres épars, on le trouvait réunissant ses extré-mités, et, comme dans les images antiques, symbolisant l'éternité circulaire et sans fin de l'univers sans commen-cement et sans limites.

Le comte Cipio se rappela fort à propos les formules cabalis-tiques qui résumaient l'essence des choses et la science des nombres. Il se souvint que son illustre maître l'avait mis jadis, à l'aide de ces formules magiques, en rapport avec son *génie assistant*, nommé *Zitto*, en lui recommandant bien de ne pas employer avant l'âge de quarante ans les services de Zitto, autrement qu'en des occasions vraiment graves.

Or, sauver la belle Cypris lui parut une nécessité suffi-sante pour légitimer une évocation. Il s'isola donc, par une volonté forte, du monde extérieur et du domaine des sens, et prononçant avec énergie les paroles de la *triple contrainte*, il vit apparaître Zitto dans une attitude respectueuse.

Plus d'un à sa place eût été troublé en voyant le Génie; mais le jeune comte savait combien cette domination sur les Esprits est naturelle à l'homme; il connaissait trop bien leur essence bienveillante pour s'effrayer. C'étaient pour lui des âmes en formation ou en repos, qui remplissent et animent la nature avant d'arriver ou de revenir à l'honneur d'animer des corps humains.

Aussi sa voix ne trembla-t-elle pas en adressant ces mots au Génie évoqué :

— Zitto, je t'ai fait venir pour m'aider à délivrer, avant qu'elle ait été souillée par le souffle impur du pacha de Smyrne, une captive chrétienne sur laquelle vient de se fermer la porte du harem de Kosrew-Bey.

— Quel homme est ce Kosrew, maître? fit le génie.

— Je n'en sais rien.

— Je vais donc m'en enquérir, reprit Zitto.

Et il disparut.

Pendant qu'il va aux informations, je vais vous expliquer la nature du mystérieux serviteur du comte Cipio. Zitto n'était pas un gnome; il n'avait aucun pouvoir sur les couches minérales du globe; ce n'était ni un ondin dont la puissance s'étend sur les eaux, ni un salamandre qui commande aux feux de la terre, aux solfatarres et aux volcans : c'était un sylphe qui revêtait, pour paraître aux yeux du comte, un corps composé d'essence de rosée, d'arômes

43

aériens, de couleurs empruntées à l'arc-en-ciel et de rayons
de lumière condensés à perfection.

Il pouvait varier la forme de ce mélange à sa fantaisie
ou à la volonté de son dominateur. Ordinairement il se
présentait avec le corps d'un adolescent de quinze ans.
Plus tard, comme je vous l'ai déjà conté, lorsque le comte
m'eut épousée, il prenait, pour me plaire, la délicate enveloppe d'un papillon dont les ailes étaient d'une incomparable
richesse de couleurs.

Mais le voilà de retour du harem; revenons à notre
histoire.

— Eh bien! fit Cipio, les mesures sont-elles prises!

— Ah! maître, c'est une difficile entreprise! Ce pacha a
tout prévu. Je ne puis délivrer les victimes de sa jalousie
qu'en les enlevant dans les airs sous la forme d'un oiseau,
au moment où elles prennent le frais à l'ombre des larges
sycomores; les gnomes seuls pourraient fendre la terre pour
leur tracer un autre chemin de salut.

— Eh bien! va et prends la forme d'un oiseau.

— Impossible, maître; la jalousie de ce Kosrew a prévu
cela. Il prétend que, lors de son ambassade auprès de la
république de Venise, il a vu des tableaux représentant une
belle Grecque, nommée Vénus, emportée dans les airs, tantôt
par des cygnes, tantôt par des pigeons ou par des tourte-
relles, ou même par de simples moineaux. Ces images l'ont
fait trembler pour la possession de ses favorites, et il a
résolu de proscrire les oiseaux des jardins de son harem.

Douze eunuques font constamment sentinelle pour tuer sans pitié les imprudents volatiles dont les ailes franchiraient les gigantesques murailles qui isolent ce coin de terre inhospitalier. Ainsi donc, à moins de se faire papillon...

— Et pourquoi ne te ferais-tu pas papillon, mon cher Zitto? Vite, fais-toi papillon.

— Je le puis, maître; mais sous cette enveloppe trop frêle, je perds une partie de ma puissance. Cependant, si la femme qui vous intéresse a aimé, si elle aime encore deux amants sous la même forme, et si ces deux amants sont à Smyrne à l'heure qu'il est, on peut encore espérer.

— A quoi bon toutes ces conditions impossibles?

— Le voici, maître : la femme qui aime quitte facilement la terre, et il est toujours plus aisé à l'amant aimé qu'à tout autre de la transporter vers le ciel; cependant sous la forme du papillon, imposée par la difficulté de l'entreprise, les forces de deux amants ne seront pas de trop pour réussir. Enfin, il faut que son amour soit pur et fidèle, et pour cela que les deux objets aimés n'aient qu'une même apparence corporelle. Or, c'est là, je l'avoue, la plus difficile à remplir de nos trois conditions.

Le comte prit une figure attristée à ces paroles.

— Hélas! s'écria-t-il, la belle Cypris est donc destinée fatalement aux étreintes brutales de ce barbare?

Zitto n'était pas moins triste des impossibilités préparées comme à plaisir par le destin à la réalisation de ce désir du jeune comte espagnol.

— Allons, maître, ne désespérons pas du succès avant de l'avoir tenté; j'ai souvent vu de pareilles difficultés se résoudre le plus naturellement du monde. Le sort ne les entasse à plaisir que lorsqu'il y a moyen de les vaincre. Essayons donc cette délivrance; en attendant, je retourne au harem de Kosrew-Bey, afin de lire dans le cœur de votre belle protégée les émotions et les sentiments qu'il contient.

Cette fois, l'absence de l'Esprit se prolongea assez long-temps. Cipio rentra à Smyrne et s'en alla divertir son impatience sur le port, bien qu'à cette heure (il était environ une heure après midi) le mouvement y eût à peu près complétement cessé.

A peine arrivé en ce lieu, il vit venir à lui un jeune homme en costume de Franc, qui avait la douleur peinte sur la figure.

— Monsieur, lui dit l'inconnu, j'arrive à l'instant de Malte sur une barque vénitienne, pour réclamer contre un acte de piraterie fait à mon préjudice, en violant la foi des traités. Un corsaire qui s'est dirigé après le coup sur cette ville m'a enlevé une caïque richement chargée, et m'a fait prisonniers ma femme et mon frère qui y étaient embarqués. La Porte et la France sont en paix, et je prétends qu'on me rende à l'instant ma femme, mon frère et mes marchandises.

Une idée lumineuse vint à l'esprit du comte en entendant le funeste récit du Français.

— Votre frère vous ressemble-t-il, monsieur ?

—Trait pour trait, dit l'inconnu; au point que ma femme elle-même s'y est souvent trompée.

— Et votre femme se nomme?

— Blanche Cypris.

— Dieu soit loué! exclama le comte.

L'inconnu faillit se fâcher de cette exclamation intempestive, qui ne témoignait pas d'une grande compassion de la part de son confident.

— Calmez-vous, reprit Cipio; je prends plus de part à votre malheur que vous ne le pensez. Votre femme est en ce moment dans le harem du pacha. Ce Turc est un homme féroce, qui ne m'a pas l'air de vouloir rendre ce qu'il a une fois pris. Je vous conseille donc, vu la lenteur et l'incertitude d'un appel au Grand-Seigneur, de rabattre de vos prétentions.

—Vous vous moquez, monsieur; à défaut du sultan, j'ai ici le consul de mon pays.

— Le consul et vous-même serez étranglés, si vous avez l'air de vous fâcher. Contentez-vous donc de prendre, vous et votre frère, des ailes de papillons pour enlever votre femme des jardins de ce brigand.

Le pauvre marchand prit Cipio pour un fou et s'apprêtait à continuer son chemin, quand le génie Zitto reparut. Celui-ci ayant commencé par dire qu'il avait vu Cypris, le mari l'écouta avidemment. Zitto raconta en détail les précautions féroces prises par la jalousie de l'impitoyable Kosrew, ce qui fit une impression salutaire sur l'époux contrarié.

44

—Heureusement, ajouta-t-il, la belle aime son mari avec
passion.

Cette assertion fit sourire le Marseillais.

—Heureusement encore, ce mari a un frère jumeau auquel,
sans le vouloir, Cypris donne une partie de son amour; car
ils se ressemblent à s'y tromper.

Ici le front du Marseillais redevint sombre.

— Or, continua le génie, j'ai déjà mis en liberté le frère;
il ne reste plus qu'à trouver l'époux.

— Et pourquoi faire? fit celui-ci presque avec colère.

Le comte Cipio et Zitto expliquèrent alors tout le mystère au
marchand; mais celui-ci qui n'avait pas envie de rire
s'obstinait à croire qu'on s'entendait pour le mystifier. Afin
de le convaincre entièrement :

— Tenez, dit l'esprit, voyez-vous ce beau *paon de jour ?*
C'est votre frère; et pour vous en convaincre, qu'il reprenne
sa forme pour vous embrasser.

Rodolphe, ainsi se nommait l'époux de Cypris, eut un
mouvement de joie : il allait se jeter dans les bras d'Astolphe,
son frère; mais il se rappela que le jour de leur départ de
Marseille, une dernière et grave erreur avait eu lieu.

Les deux vaisseaux qu'ils allaient monter étaient sous voiles,
les deux canots prêts à conduire chacun des deux frères
à son bord respectif allaient quitter la plage. Cypris, sans
penser à mal, et trompée par la ressemblance, était montée
dans la barque d'Astolphe au lieu de suivre Rodolphe dans
la sienne, et les réclamations de son époux, qu'elle prit pour

les plaisanteries de son beau-frère, n'avaient pu la ramener.

Astolphe devina sans peine le motif de l'hésitation du mari de Cypris et alla franchement au devant de l'explication.

— Par Notre-Dame-de-Grâce! je te jure, Rodolphe, dit-il, avec chaleur, que ta femme est chaste et fidèle, et que je n'ai pas abusé de son erreur en lui prenant même un simple baiser.

Rodolphe ne bouda pas plus longtemps; satisfait de cette explication, il tendit les bras à son frère, et tous deux s'étreignirent avec effusion. Cependant, après cette étreinte, il eut encore un scrupule presque jaloux.

— Est-il absolument besoin, dit-il, que nous soyons deux pour sauver Cypris?

— Absolument, fit Zitto.

— Mais si je me sens à moi seul assez de forces pour sauver ma femme.....

— C'est impossible, répondit Cipio en souriant; mon fidèle serviteur aérien va vous expliquer cela encore une fois.

Et Zitto raconta de nouveau pourquoi la forme de papillon était essentielle à revêtir, et comment, sous cette frêle enveloppe aux quatre ailes, on n'avait pas trop d'un double appareil de locomotion aérienne pour enlever dans les nues une femme d'un agréable embonpoint.

Cette singulière ressemblance des deux frères avait souvent déjà produit des méprises aussi dangereuses que celle du vaisseau. Je vais, si vous le voulez bien, vous en raconter quelques-unes pour vous mieux faire comprendre les scrupules du mari.

Quelques jours avant la célébration de son mariage avec
Blanche Cypris, Rodolphe reçut une lettre de sa fiancée
ainsi conçue :

« Ne vous dérangez plus de vos occupations, monsieur,
« pour venir me voir à la bastide de ma mère ; les soirées
« sont fraîches, et je me priverai fort bien du plaisir de
« vous recevoir par égard pour votre santé. Vous avez des
« distractions plus rapprochées à Marseille, et je trouve,
« comme vous, qu'il vaut mieux traverser simplement la rue
« pour causer d'amour que de faire une lieue par le vent
« du soir pour aller mentir sur le même sujet.
     « Adieu.

                                        « BLANCHE. »

Le pauvre fiancé faillit tomber à la renverse en lisant cette
railleuse épître. Il courut chez la belle demander le mot de
l'énigme ; on ne le reçut pas. Il écrivit ; point de réponse.
Deux jours se passèrent ainsi. L'infortuné sentit le besoin de
s'en ouvrir à son frère. Il l'attendit à sa fenêtre et le vit
sortir d'une maison située en face de la sienne, reconduit
par une jolie fille à laquelle il donna, en la quittant, un
baiser bien appuyé.

Tout fut expliqué ; une amie de Blanche avait pris Astolphe
pour Rodolphe. Astolphe lui-même vint certifier le fait à la
belle jalouse, et le mal fut réparé.

Une autre fois, Rodolphe se promenait sur la mer avec son

frère; il était assis à la poupe et regardait sans rien dire la lune, dont le disque grandissait derrière les montagnes de Gênes. Tout à coup, d'un canot longeant le sien, se leva un furieux, en costume d'Esclavon, qui, sans mot dire, saisit l'époux de Cypris, le jeta dans les flots et disparut à force de rames.

Rodolphe, surpris ainsi, perdit le sang-froid, et sans le secours de son frère, il se noyait. Le scélérat qui venait de lui jouer ce tour était un Vénitien qui en voulait à Astolphe et avait pris le Ménechme marié pour le Ménechme célibataire.

Le plus scabreux de l'aventure fut que, pour ne pas causer de peine à Cypris, Astolphe se fit passer pour Rodolphe pendant les deux ou trois jours où les suites de l'asphyxie mirent l'époux en danger.

Plus tard, enfin, Astolphe, étant à la foire de Beaucaire, Rodolphe, qui avait dîné avec Blanche chez une de ses parentes, était allé, selon sa coutume, achever sa soirée au café Paradis, laissant sa femme avec les convives. Or, sur les onze heures, il la retrouva qui, le plus simplement du monde, faisait sa toilette de nuit auprès d'un lit où Astolphe, revenu à l'improviste, était profondément endormi.

Elle supposait son beau-frère encore à Beaucaire, et se croyait si assurée d'avoir son mari devant les yeux, que, sans l'arrivée de Rodolphe, elle allait pousser la méprise jusqu'au bout.

Vous voyez si le marchand marseillais avait raison d'avoir

45

la puce à l'oreille, malgré la loyauté bien avérée de son frère.
Il l'aimait au point de ne pouvoir le quitter; il passait sur
tous les autres inconvénients de la ressemblance. Cette fois
pourtant le pauvre mari, encore sous le coup de la dernière
méprise qui l'avait séparé de sa femme, aurait bien souhaité ne
voir Astolphe délivré d'esclavage qu'une semaine après Cypris.

Lorsqu'il fut bien convaincu cependant que le salut de sa
bien-aimée dépendait de l'union de leurs forces, il n'hésita
plus et se laissa guider par Zitto.

Tout le monde étant enfin d'accord, on partit pour aller
délivrer Cypris. Zitto résolut que les deux frères seraient de
simples papillons aux yeux des eunuques, des chaouchs, des
janissaires et du pacha; mais pour éviter de nouvelles len-
teurs et de nouvelles explications, ils devaient conserver leur
forme humaine aux yeux de la belle captive.

En conséquence, il ordonna aux deux Marseillais de revêtir
des costumes de bostangis (eunuques jardiniers) et de prendre
une large et solide échelle de corde.

Quand ils arrivèrent au palais de Kosrew, c'était l'heure
de la sieste. Les deux papillons voletèrent sans être remarqués
jusqu'au kiosque, fermé seulement de tentures de soie, où
Cypris attendait la venue du pacha. Elle seule pouvait, dans
ces brillants insectes ailés, reconnaître Astolphe et Rodolphe;
elle seule put voir qu'ils ne venaient pas là pour caresser
les jasmins de sa fenêtre. Aussi fut-elle muette d'étonnement
quand elle aperçut devant elle les deux jumeaux de la Cane-
bière.

Son premier mouvement fut de sauter au cou de son mari ;
mais ici le doute causé par l'énorme ressemblance reparut ;
elle ne voulut se laisser embrasser ni par l'un ni par l'autre.

— Hélas ! dit-elle en sanglottant, je ne veux pas vous suivre
pour retomber dans la cruelle incertitude où j'ai cent fois
déjà failli violer mes serments. Tôt ou tard ce malheur
m'arriverait, car votre fatale ressemblance veut que je vous
aime tous les deux avec la même passion. Laissez-moi attendre
ici le tyran qui m'a achetée ; il porte un poignard à sa
ceinture, dont j'ai résolu de me saisir et de me percer le sein.

Comme elle parlait, on entendit du bruit au dehors ; ses
lamentations avaient donné l'éveil.

— Preste ! preste ! dit Zitto ; soulevez-la chacun par un bras
et prenez votre vol sur cette échelle solidement tendue.

En un clin d'œil cet ordre fut exécuté.

Ce n'était pas assez, pour le malicieux génie, d'avoir donné
les moyens d'enlever Cypris. Puisqu'aux yeux du pacha et de
ses gens, les ravisseurs devaient avoir la forme brillante et
légère des papillons, au moins fallait-il que le vieux jaloux
assistât à ce miracle inouï, qu'il vît de ses yeux écarquillés
et colères cet enlèvement, glorieux comme un triomphe.

Le malin serviteur du comte se changea donc en bourdon ;
puis il alla, faisant grand bruit et grand roulement, frapper
le nez du pacha, qui dormait. Pour comble, les sons mono-
tones de ce bourdonnement se changèrent, aux oreilles de sa
victime, en railleries rimées assez claires pour l'éveiller et
l'irriter au dernier point.

En voici quelques couplets, traduits par M. Galland lui-même :

> Pacha, suspends ta sieste,
> Viens avec moi dans tes jardins,
> Pour voir Cypris, pimpante et leste,
> Voler vers les pays lointains.
>     Entr'ouvre vite
>     Ton œil qui dort,
>     Ta favorite
>     Fuit vers le Nord.

Ici Kosrew fit un mouvement et se donna du poing sur le nez pour chasser l'importun bourdonneur, qui continuait :

> Elle rappelle ces images
> Qui te narguaient chez les chrétiens,
> Ces déesses, dans les nuages,
> Ayant des oiseaux pour soutiens.
>     Entr'ouvre vite
>     Ton œil qui dort,
>     Ta favorite
>     Fuit vers le Nord.

Cela ne suffit point encore; le pacha de Smyrne se contenta de jurer en se retournant pesamment.

Zitto reprit sa scie :

> Dépêche-toi; ta prisonnière,
> Guidant ses frêles palefrois,
> A des excuses à te faire
> D'avoir ainsi fraudé tes droits.
>     Entr'ouvre vite
>     Ton œil qui dort,
>     Ta favorite
>     Fuit vers le Nord.

Enlèvement de Cypris.

Ici Kosrew se décida à bondir de fureur; il se leva brusquement, s'avança sur le seuil et vit de ses yeux le départ
féerique de sa dernière passion.

— Par la droite d'Allah ! s'écria-t-il, cette chrétienne était
d'accord avec les génies! elle m'a joué à l'aide de quelque
talisman.

Pour parfaire l'exaspération déjà fort raisonnable du propriétaire frustré, le bourdon fredonna encore ce petit encou-
ragement :_

> Arrache ta barbe hérissée,
> Mets ton cafetan en haillons;
> La Vénus grecque est dépassée
> Par Cypris et ses papillons.

Et lui jetant un éclat de rire sonore en manière de refrain,
Zitto se fondit dans l'air au nez de Sa Hautesse, pâle de rage.

L'heureux groupe allait disparaître à son tour, et Kosrew ne
serait pas vengé. C'en était trop pour l'orgueilleux pacha. Dans
sa fureur, il tira son poignard de Damas et le lança au vol
sur le groupe triomphant. Cet effort n'eut pas le succès désiré;
mais il ne fut pas tout à fait inutile : l'arme meurtrière
atteignit l'un des brillants porteurs à l'antenne droite. Personne ne parut s'en apercevoir, et Cypris n'en fut pas moins
délivrée.

Le soir de cette bienheureuse entreprise, Astolphe et le comte
Cipio, Rodolphe et Cypris soupaient ensemble sur une galliote
vénitienne, faisant route pour l'île de Malte. La belle se trouvait
placée entre les deux Menechmes, toujours plongée dans l'in-

46

quiétude, malgré la réussite inespérée de sa délivrance.

Au dessert cependant, égayée par un ou deux verres de vin de Syracuse, elle se pencha avec beaucoup de résolution vers Astolphe pour l'embrasser, le prenant une dernière fois pour son époux.

— Ah! grand Dieu! mon ami, dit-elle, regardez-vous au miroir, vous êtes balafré d'un coup de poignard au dessus du sourcil droit.

— Lequel de vous deux est blessé? demanda Cipio. Est-ce le mari? est-ce le beau-frère?

— C'est le beau-frère, répondit Astolphe en portant la main à sa tempe; le poignard de ce maudit qui a touché à l'antenne droite ma défroque de papillon, m'aura fait cette égratignure.

— Voyez, Rodolphe, reprit Cipio, votre bonheur est double; vous avez retrouvé votre femme, et le poignard du pacha a mis fin aux méprises de votre mutuelle ressemblance.

On pourra me demander quelle récompense retira le comte Cipio de sa généreuse intervention dans cette affaire. Se sera-t-il contenté d'assister à la joie du mari? Peut-être. En tout cas, le comte ne m'en a pas appris davantage à ce sujet.

Cazotte avait les bras croisés sur sa poitrine, les yeux fermés et la tête penchée en arrière sur le dos du fauteuil où il était assis.

— Voyez donc, chère marquise, dit la princesse à demi-voix, quel effet je viens de produire sur notre rêveur.

La marquise de La Croix regarda le poëte, et, faisant un signe de dénégation, elle répondit sur le même ton :

— Ne croyez pas qu'il dorme; je le connais, vous conte-riez huit jours qu'il écouterait sans se lasser vos évocations dans la rotonde en ruines des bords de l'Hermus. Vos explica-tions sur la nature des Génies, les miracles opérés par Zitto l'ont intéressé à un si haut point que le voilà galopant dans le domaine des fées, plongé dans l'extase et oubliant tout à fait qu'il est en votre compagnie.

Elle fut interrompue par un sursaut de Cazotte.

— Quelle puissance d'action nous donne la volonté! dit-il comme se parlant à lui-même; avec l'assistance d'un servi-teur pareil à Zitto, soumis ainsi que lui par un vouloir éner-gique, un homme seul et désarmé, perdu sur une plage étrangère, dont les mœurs et la langue lui sont inconnues, peut intervenir à coup sûr contre le despotisme et l'injustice. Tous les prodiges de la chevalerie d'autrefois exécutés avec la lance et l'épée ne sont plus que des jeux d'enfants; avec un écuyer mystérieux comme le Génie assistant du comte, on peut les surpasser et les centupler à sa fantaisie.

— Vous avez raison, interrompit Ginebra, et mieux encore, on peut sans changer de place intervenir à des milliers de lieues, chez des nations presque inabordables, en Chine, par exemple.

— En Chine, s'écria Cazotte; auriez-vous eu, madame, des relations avec cet étrange pays?

— Assurément, mais sans effort de volonté de ma part et sans l'intervention du serviteur de mon premier mari; les jolis enfants que vous voyez se balancer dans ce cadre de bois des îles en sont la preuve. Je vais vous raconter la manière dont j'ai fait la connaissance de ces deux rejetons de l'*Empire du Milieu*.

— Je m'y oppose, fit la marquise; il faut vous reposer, vous succomberiez à la peine, ma pauvre amie, si vous écoutiez votre ardeur et la curiosité de mon disciple. Remettons cette partie à demain.

Ginebra regarda Cazotte, que la politesse seule forçait à la résignation. Au fond, elle vit bien qu'il grillait d'impatience de l'entendre.

— Allons, dit-elle, je ne veux pas avoir inutilement fait venir l'eau à la bouche d'un poëte; je veux encore, pour lui et pour moi-même, faire un dernier effort. Vous oubliez, d'ailleurs, que j'ai là ce qui rend à mes favoris la force et la gaîté.

Disant cela, elle puisa dans l'alcarazzas où les fleurs distillaient leurs parfums, puis ayant bu un long verre de l'étrange liqueur, elle se prépara à recommencer son nouveau récit.

—◦─⬥⬥⬥⬥⬥⬥◦—

# BULBUL

## ET

# GOUL-GOU-LI

PAPILLONS CHINOIS

————— ⤜✦⤛ —————

— Vous m'avez demandé l'histoire des deux papillons chinois, dit la princesse Ginebra ; je suis prête à vous satisfaire.

— Nous vous écoutons de toutes nos oreilles, s'écrièrent simultanément Cazotte et la marquise de La Croix.

La princesse commença son récit :

Sur les bords du *Pei-ho* ou Rivière Blanche, dans la province de *Pé-tché-lée*, l'une des plus florissantes du Céleste-Empire, s'élève une pagode que les femmes chinoises ont en grande vénération.

Chaque jour, on voit venir à cette pagode quelque fière

47

épouse de mandarin, ou quelque villageoise des environs, ou bien encore quelque robuste habitante des bateaux couverts qui s'entassent sur les fleuves de la Chine, et y forment ces grandes villes flottantes, éternel étonnement des voyageurs.

Ce petit temple, richement orné à l'intérieur et au dehors des présents des fidèles, n'est accessible que pour les femmes. L'entrée en est sévèrement interdite aux Chinois du sexe masculin, qui, du reste, n'ont rien à démêler avec les attributions de la déesse qu'on y implore; car la fonction de Feu-taa, c'est le nom de cette déesse, est exclusivement féminine. Feu-taa préside aux accouchements, et les femmes stériles s'adressent à elle pour obtenir les douleurs et les joies de la maternité.

La statue de Feu-taa est de pierre grossièrement taillée, comme toutes les sculptures de ce peuple routinier, qui fait autant d'efforts pour repousser le progrès et pour fuir la lumière, que les peuples d'Europe font de sacrifices pour perfectionner leurs arts et agrandir le cercle de leurs connaissances.

L'artiste inconnu, et bien digne de l'être, qui a sculpté, il y a peut-être trois mille ans, l'effigie de Feu-taa, a eu l'ingénieuse idée de couvrir de mamelles le corps informe de la déesse, afin de bien constater le genre de services qu'elle est appelée à rendre aux faibles mortels.

Par une triste bizarrerie des mœurs de ce peuple, il n'est pas rare de voir des cadavres d'enfants nouveau-nés, exposés sur le fleuve dans leurs berceaux flottants, venir échouer devant la façade du temple, tandis qu'une procession d'épouses stériles monte à la pagode pour y solliciter la faveur d'une fécondité qu'elles déploreront peut-être amèrement un jour.

Par une belle matinée d'automne, un riche palanquin, fermé par des rideaux de soie et porté par des eunuques, gravit lentement l'allée montueuse qui conduit à la pagode de Feu-taa. Une troupe de soldats tartares, précédant le palanquin, dispersa à coups de bambou la foule des curieux et des fidèles qui se pressaient déjà à l'entrée de la pagode, et qui s'éparpillèrent le long du fleuve comme une bande de canards effarouchés.

Quand le cortége fut arrivé sur le seuil du saint lieu, le chef des eunuques ouvrit la portière du palanquin, d'où descendit lentement une jeune et belle Chinoise appuyée sur l'épaule d'une vieille femme.

Les curieux, que la peur du bambou avait fait refluer sur le rivage, reconnurent alors la jeune épouse du gouverneur de la province, Aout-chou, et sa nourrice, Fa-ti-pa.

— La belle Hai-za vient implorer la déesse, dit une vieille batelière : que Feu-taa féconde ses flancs et lui donne des enfants qui lui ressemblent, car Hai-za est la mère des malheureux !

— Éloignons-nous, dirent tous les curieux; ne troublons pas Hai-za dans ses prières : que Feu-taa féconde ses flancs !

Un grand vide se fit autour de la pagode, devant laquelle restèrent seuls les soldats et les eunuques accroupis à terre, les bras pliés en angle droit et l'index levé vers le ciel.

Fa-ti-pa n'avait accompagné sa maîtresse que jusqu'au seuil de la porte du temple, après quoi elle était remontée dans le palanquin ; Haï-za était entrée seule dans la pagode, dont la porte se referma sur elle.

Elle s'avança vers la statue en chancelant sur ses pieds mutilés à la façon du pays, et s'agenouilla aux pieds de Feu-taa.

— Déesse, dit-elle d'une voix douce comme le chant du bengali, mon cœur est désolé, car Aout-chou me méprise. Le jour où, pour la première fois, mon palanquin est entré chez lui, au son des gongs et des clochettes, Aout-chou leva mon voile et dit : « C'est bien ; elle est belle. Le père de Haï-za n'a pas menti ; qu'il garde mes présents, je garde sa fille. » Et notre hymen fut accompli. Aout-chou m'aimait et j'étais heureuse ; mais trois ans se sont écoulés, et mes flancs sont restés stériles. A cette heure, Aout-chou ne m'aime plus, et il se dit : « A quoi bon une femme inféconde ! » Déesse, fécondez mes flancs pour qu'Aout-chou m'aime encore, ou que la maternité me console, si son amour est évanoui pour jamais !

Ayant ainsi parlé, Haï-za resta immobile, sa tête appuyée dans ses mains que ses beaux yeux mouillaient de larmes.

Ici, la princesse interrompit son histoire et regarda ses deux auditeurs.

— Les paroles que Haï-za attribue à Aout-chou, au moment où le palanquin de la jeune chinoise entra chez son époux, au son des gongs et des clochettes, exigent peut-être quelques explications, dit-elle.

— En effet, dit la marquise.

— Vous saurez donc, reprit la princesse en se tournant vers son amie, que les Chinois ont des idées abominables sur l'amour et le mariage. A leurs yeux, la femme est une esclave abjecte qui appartient exclusivement, corps, âme et esprit, à ce maître brutal qu'on nomme mari. Le premier devoir de la femme chinoise est donc de rester sans cesse enfouie dans sa maison, et de soustraire soigneusement ses moindres charmes aux regards de tous les hommes. Une femme chinoise dont un étranger a pu apercevoir seulement le bas du menton est une femme déshonorée.

— Quelle absurdité ! s'écria la marquise.

— Pour enlever à ces pauvres êtres toute velléité d'émancipation, toute possibilité d'affranchissement, poursuivit la princesse, les maris du Céleste-Empire ont inventé cette barbare coutume de mutiler les pieds des femmes, et, grâce à cet horrible procédé, les malheureuses créatures, à peine capables de se traîner de chambre en chambre dans leurs appartements, sont bien forcées de garder le logis. Quand elles sortent de la maison, avec la permission de leur seigneur et maître, c'est dans ces boîtes fermées qu'on nomme palanquins.

— Mais c'est affreux ! s'écria encore la marquise.

— Ce qu'il y a de plus triste, reprit Ginebra, c'est que ces magots ont eu assez de finesse pour persuader à ces sottes Chinoises que des pieds mutilés étaient le plus bel ornement de la femme, le plus bel apanage du sexe; en sorte qu'une dame de Pékin se croirait souverainement

ridicule si elle était un peu moins estropiée que ses com-
pagnes, et que les mères de famille mettent tout leur orgueil
à empêcher leurs filles de pouvoir jamais faire un pas sans
béquilles.

— Mais c'est monstrueux! s'écria de nouveau la marquise.

— Pas si monstrueux, dit Cazotte en souriant. Les dames
chinoises emploient pour diminuer leurs pieds le même procédé
que les dames françaises pour amincir leur taille. La mutilation
par les souliers n'est guère plus bizarre, à mon sens, que la
mutilation par les corsets. Ce qui prouve, chère marquise,
que les antipodes se touchent.

— Les jeunes filles, continua la dame aux papillons, sont
soumises aux mêmes lois que les femmes mariées. Elles ne
peuvent lever leur voile devant homme qui vive.

— Comment donc alors se marient-elles?

— D'abord on ne les marie pas, à proprement parler; on les
vend.

— Ah!

— Mais, ce qu'il y a de plus étrange, c'est que le marché se
se fait sans que l'acheteur connaisse la marchandise.

— Bon!

— C'est très-exact, dit Cazotte.

— Voici comment on procède, reprit Ginebra. Un Chinois
qui a une fille à marier, et un Chinois qui éprouve le besoin
de prendre femme, entrent en arrangement en prenant le thé
ou en fumant l'opium.

— Mon cher, dit le père au jeune homme, j'ai en magasin

une fille charmante, parfaitement en état, et qui ferait bien votre affaire. Achetez-moi ça! Comme les temps sont durs, je vous la cèderai à bon compte.

— Combien en voulez-vous? dit le futur.

— Trois ballots de soie, une boîte d'opium et douze livres de thé noir.

— C'est bien cher.

— Quand vous l'aurez vue, vous reconnaîtrez que c'est pour rien. Foi d'honnête Chinois, je perds cent pour cent sur ce marché; mais c'est uniquement pour vous obliger.

— A-t-elle les yeux bien fendus? demande le jeune homme.

— J'ose dire qu'il n'y en a pas de plus longs dans tout le Céleste-Empire. Avec cela elle pince de la guitare et fait des confitures à ravir. Quant aux pieds, je les déclare imperceptibles; on les lui aurait coupés qu'elle n'en aurait pas davantage. J'ai pris soin moi-même de lui rendre tout mouvement impossible, dès sa plus tendre jeunesse.

— Affaire conclue, dit le jeune Chinois; j'ai envie de me marier, et je ne demande pas mieux que d'entrer dans votre honorable famille; mais là, vrai, vous m'écorchez.

Le lendemain, le prétendu envoie au père le prix dont ils sont convenus, après quoi le père met sa fille en palanquin et l'expédie à son futur époux, accompagnée d'un orchestre aussi complet que possible, et d'un cortège de parents et d'amis.

Le palanquin est introduit dans la maison du jeune homme

qui, seulement alors, a le droit de lever le voile de la jeune fille, et de contempler en face les traits de celle qui sera la compagne de sa vie.

— Mais, objecta la marquise, si le beau-père l'a volé et lui envoie une épouse grotesque ou difforme.

— En ce cas, répondit la princesse, l'acheteur a le droit de refuser la marchandise et de la renvoyer à l'expéditeur. Mais le prix qu'il a payé d'avance reste acquis au père de la jeune personne, pour l'indemniser de la dépréciation qu'on a fait ainsi publiquement subir à son produit.

— Quel vilain peuple! dit la marquise; je ne pourrai plus regarder mon paravent sans frémir d'horreur.

— Eh! mon Dieu, dit philosophiquement Cazotte, il y a beaucoup de maris français qui échangeraient volontiers la femme de leur choix contre une épouse à la chinoise. En fait d'union conjugale, chère marquise, le hasard est souvent moins aveugle que ne le sont les yeux fascinés d'un amant.

— Cazotte, s'écria madame de La Croix, vous êtes un monstre.

— Je reprends mon récit, dit la princesse, pour couper court à la discussion qui allait s'engager entre ses deux hôtes.

Quand Haï-za eut exprimé ses vœux à Feu-taa, elle attendit avec angoisse la réponse de la déesse.

Après quelques instants de silence, une musique douce et grave se fit entendre dans la pagode, sans que Haï-za pût voir d'où partaient ces sons, et une bouche invisible prononça ces paroles :

— Le premier jour de la pleine lune, un papillon viendra s'arrêter sur la liane bleue qui tapisse ta fenêtre. Sur la plus belle fleur, ce papillon déposera ses œufs ; prends un de ces petits œufs blancs, et mange-le en invoquant trois fois Feu-taa. Cet œuf fécondera ton sein, et tu auras un fils ; mais défie-toi du jour où ses ailes pousseront.

La voix mystérieuse se tut. Haï-za attendit quelque temps encore, espérant que la déesse voudrait bien compléter ses instructions ; mais tout resta dans le silence. Alors l'épouse d'Aout-chou sortit de la pagode, remonta en palanquin, et le cortége reprit le chemin de la ville.

Par un instinct de prudence que la déesse Feu-taa dut trouver fort injurieux, si elle en eut connaissance, Haï-za ne confia point à Aout-chou ce qui lui avait été prescrit dans la pagode : elle craignait de donner un faux espoir à son époux, dont la déception aurait accru la mauvaise humeur habituelle.

On devine aisément qu'elle attendit le premier jour de la pleine lune avec une impatience impossible à décrire.

Ce jour arriva enfin. Dès le matin, Haï-za se blottit dans un coin de sa chambre d'où son regard embrassait les moindres festons de la liane bleue qui serpentait sur sa fenêtre. Elle ne voulut pas se placer dans un lieu apparent, par crainte d'effaroucher le papillon qui, suivant la promesse de Feu-taa, devait lui apporter le bonheur.

Elle attendit ainsi toute la journée, le cœur palpitant et plein d'angoisses.

49

A cinq heures du soir, un beau papillon aux ailes de pourpre et d'or vint se poser sur la liane bleue : Haï-za retenait son souffle. O bonheur ! après avoir voleté de fleur en fleur, ce papillon se fixe enfin sur la plus belle. Quelques minutes se passent; le papillon ne bouge pas. Haï-za se lève doucement et regarde : le papillon faisait ses œufs sur une feuille de la belle fleur azurée.

Haï-za s'approcha de la fenêtre en invoquant trois fois Feu-taa ; elle prit un des petits œufs blancs du papillon et l'appliqua sur sa langue, puis elle se prosterna et remercia la déesse. ·

La jeune femme passa bien des jours dans l'anxiété et bien des nuits dans l'insomnie, après avoir ainsi exécuté les prescriptions de Feu-taa.

Elle continua de garder le silence le plus absolu vis à vis d'Aout-chou, et ne confia son secret et ses espérances qu'à sa nourrice Fa-ti-pa.

Celle-ci qui avait une confiance aveugle dans tous les dieux et déesses qu'on adore en Chine, l'encouragea dans son espoir et lui déclara que, quant à elle, elle était tellement convaincue que Feu-taa était incapable de manquer à sa parole, qu'elle allait tout de suite s'occuper de la layette du nouveau-né.

La nourrice avait raison d'avoir foi en Feu-taa, et de s'occuper de la layette.

La voix mystérieuse n'avait pas fait une promesse mensongère.

Quelques semaines plus tard, Haï-za, rayonnante d'orgueil,

annonçait à Aout-chou qu'elle portait dans son sein un gage de sa tendresse.

Aout-chou, heureux jusqu'au délire, malgré la gravité habituelle des mandarins chinois, pressa Haï-za sur son cœur, et fit résonner en signe d'allégresse tous les gongs de la province.

Enfin, neuf lunes après le jour où le papillon avait déposé ses œufs sur la fleur bleue, Haï-za était mère.

Mais, chose étrange, au lieu du seul fils dont lui avait parlé Feu-taa, c'étaient deux jumeaux qu'elle mettait au monde, et que Fa-ti-pa émerveillée recevait dans ses bras.

Le premier des jumeaux était un fils beau comme le soleil, le second était une fille belle comme la lune.

Haï-za se rappela qu'un moment après avoir mis l'œuf du papillon sur sa langue, elle l'avait senti se partager en deux, et elle supposa avec raison qu'elle avait avalé deux œufs collés ensemble. Elle frémit de terreur en songeant à ce qui serait arrivé, si elle en avait mangé par mégarde une douzaine ou deux.

Le garçon fut nommé Goul-gou-li; quant à la petite fille qui, en venant au monde, avait poussé un petit cri très-mélodieux et d'une douceur extrême, on lui donna le nom de Bulbul, qui signifie rossignol dans la langue du pays.

Le mandarin, ravi de cette double paternité, fit de nouveau sonner les cloches et mugir les gongs dans toute l'étendue du pays.

L'empereur de la Chine, instruit de ce merveilleux enfantement, envoya complimenter le gouverneur de Pé-tché-lée

par un des principaux officiers de sa cour qui portait une
veste jaune.

Adorés d'Aout-chou et de Haï-za, et démesurément gâtés
par Fa-ti-pa, la vieille nourrice, les enfants grandirent au
milieu des caresses et des baisers.

Haï-za concentrait son âme sur ces deux petits êtres. Elle eût
été forte maintenant contre la froideur et les mépris d'Aout-
chou; mais Aout-chou s'était remis à chérir sa femme comme
dans les premiers jours de leur union.

Rien ne manquait donc au bonheur de la jeune Chinoise, et
pourtant elle était quelquefois préoccupée et prise d'une invin-
cible tristesse; elle songeait à la recommandation de Feu-taa :

— Défie-toi du jour où ses ailes pousseront.

— De quelles ailes a voulu parler la déesse? se demandait
Hai-za. Sont-ce les ailes des vagues désirs qui éloignent les
enfants de leur mère quand l'adolescence est venue, ou le danger est-il plus rapproché de leur premier âge? Oh! n'importe,
je veillerai, se disait la tendre mère

Bulbul et Goul-gou-li avaient atteint leur sixième année. Ces
deux petits êtres étaient remarquablement beaux avec leurs
grands yeux noirs fendus en amande, et leurs joues fraîches
comme la rose jaune des vallées.

On avait voulu d'abord séquestrer Bulbul dans l'appartement des femmes, et comprimer ses petits pieds, selon l'usage;
mais Goul-gou-li avait poussé de tels cris en se voyant séparé
de sa sœur, et Bulbul avait témoigné tant d'horreur pour la
mutilation chinoise, qu'Aout-chou et Haï-za s'étaient décidés

, à ne pas séparer leurs enfants, et à laisser courir leur fille en liberté.

— Ma fille aura des pieds naturels, dit Aout-chou; mais pour racheter cette difformité, je la doterai, s'il le faut, à la façon des Européens.

Aout-chou était un père, comme on en voit peu en Chine.

Le cœur de Haï-za tressaillait de bonheur quand elle contemplait son fils et sa fille courant comme deux lutins dans les grandes allées du jardin, ou se roulant sur la pelouse en jetant ces cris enfantins si doux à l'oreille des mères.

Mais elle ne pouvait retenir un involontaire effroi en les voyant exécuter à l'envi des bonds prodigieux pour tâcher d'arrêter et d'égaler dans leur vol les papillons et les insectes aux ailes de feu. Il lui semblait toujours qu'elle allait voir ses deux anges s'envoler pour ne plus revenir.

Rien n'égalait l'agilité, la légèreté de ces enfants; rien n'était amusant comme leur dépit et leurs petites colères, quand leurs joujoux ailés échappaient à leur poursuite.

— Pourquoi donc ne volons-nous pas comme les papillons et les oiseaux? demandaient-ils à leur mère. Ce serait si bon de voler bien haut, bien haut dans les airs! La nuit, dans nos rêves, nous avons de grandes ailes peintes de toutes les couleurs, et nous volons si vite, si vite, que quelquefois il nous semble que le souffle va nous manquer!

Ces paroles augmentaient encore les vagues terreurs de la pauvre mère; mais ses exhortations étaient impuissantes à chasser ces bizarres désirs de l'esprit de ses enfants.

Aout-chou qui ne savait pas opposer un refus à leurs désirs, avait fait construire dans son jardin une superbe balançoire

Dès le matin, les deux jumeaux couraient s'asseoir sur les extrémités de la planche mobile, et ils passaient des heures entières à se détacher réciproquement du sol, et à s'élever dans l'air. On entendait alors leurs éclats de rire et leurs cris de joie retentir jusque dans le palais.

Plus vite! plus vite! ma sœur, criait Goul-gou-li.

En vain Haï-za tremblante les conjurait de renoncer à ce divertissement.

— O mère Haï-za! répondaient-ils entre deux baisers, si tu savais comme nous sommes heureux de nous sentir élevés ainsi presque jusqu'aux branches des arbres. Il nous semble alors que des ailes nous poussent et que nous allons voler comme les papillons qui nous effleurent en passant.

La pauvre mère souriait et pleurait tout à la fois en les pressant sur son cœur, et priait tout bas Feu-taa de veiller sur ces deux êtres si tendrement aimés.

Il faut croire que Feu-taa exauçait ses prières; car souvent au plus fort de leurs jeux, quand la rapidité de la balançoire portait leur ivresse à son comble, Bulbul et Goul-gou-li croyaient voir paraître auprès d'eux un génie ailé qui avait les traits de leur mère, et qui leur disait d'une voix douce et émue :

— Pas si vite, pas si vite, enfants!

Mais que pouvait même l'intervention d'une déesse, contre l'implacable destin, et contre deux enragés petits démons poussés par une vocation irrésistible.

Il est évident que des œufs de papillon ne peuvent pas enfanter des tortues.

Bientôt même la balançoire ne suffit plus à leurs caprices vagabonds; la balançoire tenait au sol et ne les enlevait pas assez haut.

Soupirant après des jeux plus aériens, Bulbul et Goul-gou-li exigèrent une escarpolette. Malgré les prières et les larmes de la pauvre Haï-za, Aout-chou satisfit encore ce désir.

Bientôt une magnifique escarpolette se balança gracieusement aux branches touffues du plus beau marronnier du jardin.

Alors ce fut une joie inouïe; l'escarpolette devint le divertissement favori des deux enfants, qui prenaient un indicible plaisir à se lancer réciproquement dans les airs. Ce jeu réalisait de plus en plus leurs étranges aspirations. Quand ils se sentaient rapidement emportés par la machine volante, un rayon d'ineffable bonheur illuminait leurs regards.

— Je vole, je vole, se criaient-ils réciproquement.

Quelquefois ils se plaçaient tous deux sur l'escarpolette, et, les bras entrelacés, se balançaient ensemble, poussés par Fa-ti-pa ou par quelque serviteur du palais.

Un matin, tandis que Haï-za dormait encore, Bulbul et Goul-gou-li coururent à leur escarpolette bien-aimée, et prièrent un jeune jardinier, qui travaillait non loin de là, de les aider à se lancer dans l'espace.

Bientôt, sous l'impulsion robuste du paysan, l'escarpolette emporta jusqu'à la hauteur des branches d'arbres les deux enfants, qui trépignaient de joie.

— Encore! encore! s'écriaient-ils.

Et l'escarpolette montait, montait toujours.

— Frère, s'écriait Bulbul, je vole! je vole!...

— Moi aussi, répondait Goul-gou-li, je vole! je vole!...

Et le paysan, ravi de leur bonheur, redoublait d'efforts.

Tout à coup il poussa un grand cri et tomba à la renverse. Bulbul et Goul-gou-li, se détachant de l'escarpolette, s'étaient lancés dans les airs.

Le jardinier ferma les yeux pour ne pas voir l'horrible spectacle de leur chute. Mais, ô surprise! au bout de quelques secondes, au lieu des cris plaintifs des pauvres enfants mutilés, qui à l'avance déchiraient ses oreilles et son cœur, il n'entendit que des cris joyeux et de frais éclats de rire qui semblaient descendre du ciel.

Supposant qu'ils s'étaient raccrochés aux arbres, et que, blottis comme des oiseaux dans les feuilles, ils riaient de leur péril passé, le jardinier rouvrit les yeux.

O surprise plus profonde, plus immense!

Bulbul et Goul-gou-li n'étaient pas dans les branches d'arbres; ils étaient dans les airs, soutenus tous deux par des ailes brillantes qui leur étaient miraculeusement poussées; ils s'élevaient, ils s'élevaient toujours en folâtrant et en se lutinant dans les nues, comme deux papillons du jardin.

Le jardinier tomba à genoux, ne pouvant, malgré le témoignage de ses yeux, croire à ce prodige.

Peu à peu, soit effet de l'éloignement, soit que la transformation des petits Chinois devînt de plus en plus complète, le

volume de leur corps diminua, leurs formes humaines s'effa-
cèrent, et le jardinier n'eut bientôt plus devant les yeux que
deux papillons qui se poursuivaient dans les airs.

Une violente raffale les emporta loin de sa vue, et le pauvre
paysan, émerveillé et consterné tout à la fois, courut au palais
annoncer cette étrange aventure.

On se figure aisément la désolation d'Aout-chou et de Haï-za.
Le gouverneur, qui était un mandarin lettré, c'est-à-dire philosophe et un peu sceptique, ne voulait pas ajouter foi à cette
histoire invraisemblable; mais Haï-za vit dans ce malheur la
réalisation de la prédiction de Feu-taa, et elle se reprocha
amèrement de n'avoir pas deviné le genre de danger qui mena-
çait ses enfants.

Cependant les malheureux parents conservèrent pendant
quelques jours l'espoir de voir revenir Bulbul et Goul-gou-li.
Mais les jours s'écoulèrent, et les semaines aussi, et Bulbul et
Goul-gou-li ne revinrent pas.

Un mois après ce triste événement, Haï-za retourna, toute
éplorée, à la pagode de Feu-taa.

— Nous laisserons un moment cette pauvre mère aux pieds
de la déesse, dit la princesse Ginebra, pour revenir à Bulbul et
à Goul-gou-li, emportés par la raffale.

J'habitais déjà ce château à cette époque; car ces faits se
passèrent trois mois après la mort du comte Cipio. Je n'avais
pas encore été en Espagne et ne songeais nullement à me
remarier.

Un jour que je me promenais dans ma plantation d'oliviers,

sous un beau ciel bleu à peine taché de quelques petits nuages blancs que poussait rapidement dans les nues un fort vent d'est, je vis s'abattre devant moi deux papillons de couleurs inconnues, dont les ailes, pendantes et froissées, semblaient brisées par la fatigue d'un long vol.

Je me précipitai sur eux et les saisis avec toute l'ardeur d'un collectionneur qui rencontre inopinément sur sa route une merveilleuse rareté; mais ma précipitation leur fut funeste; du moins, je le crus d'abord; car, en se débattant sous ma main, leurs ailes se détachèrent.

Je poussai un cri de regret; mais quel fut mon étonnement, quand je vis tout à coup leurs petits corps grossir, grossir, prendre peu à peu des formes humaines et se transformer enfin en deux enfants qui se jetèrent à mes pieds, et, joignant les mains, me gazouillèrent des paroles qu'il me fut impossible de comprendre.

Étonnée, comme vous pouvez le croire, je pris les deux enfants par la main et les emmenai au château.

Je me demandais avec stupeur d'où pouvaient venir ce petit garçon et cette petite fille, et à quelle nation ils appartenaient; car je devinais bien, à leur langage bizarre, qu'ils n'étaient pas d'origine européenne, lorsque, arrivés dans mon cabinet d'antiquités, ils tombèrent tout à coup à genoux devant un tableau chinois qui représente une dame de ce pays portée en palanquin par des esclaves.

Je supposai alors qu'ils étaient Chinois, et lorsque je vis leurs petites mains se tendre vers la dame du palanquin et leurs yeux se mouiller de larmes, tandis qu'ils s'écriaient tous deux : « Haï-za ! Haï-za ! » je pensai que Haï-za était le nom de leur mère ou d'une gouvernante chérie, et qu'ils prenaient cette figure pour son portrait.

J'écrivis immédiatement à un savant de mes amis qui professe tous les idiomes de l'Asie, et je l'engageai à venir voir mes deux petits protégés, dont je raffolais déjà et à qui j'étais bien résolue à servir de mère.

Mais, à mon grand désappointement, les enfants ne comprirent pas une syllabe de ce que leur disait le professeur.

Un jésuite portugais, qui rentrait dans sa patrie après avoir passé vingt ans à Pékin, venait de débarquer à Marseille.

Je mandais aussitôt le bon père qui, le surlendemain, arriva au château.

Le digne missionnaire ne se piquait pas d'enseigner le chinois, mais en revanche il le parlait à merveille.

Dès qu'il fut en présence des enfants et qu'il leur eut adressé quelques mots, je vis le petit garçon et la petite fille sauter de joie en battant des mains, et aussitôt ils se mirent à gazouiller avec une volubilité sans pareille.

Ceci me confirma dans une idée qui m'était déjà venue plusieurs fois : à savoir que mon ami le savant n'était qu'un âne.

Je jurai bien, si jamais le ciel m'accordait des héritiers, de ne pas confier leur éducation à des académiciens.

Malgré le flux de paroles qui s'échappaient des lèvres de Bulbul et de Goul-gou·li, les renseignements que le bon père put obtenir des deux pauvres enfants ne furent pas très-complets. Tout ce qu'on put savoir d'eux, c'est que leur père se nommait Aout-chou et leur mère Haï-za, comme je l'avais supposé déjà.

Peu soucieuse de faire le voyage de Chine pour chercher Aout-chou et Haï-za parmi les innombrables habitants du Céleste-Empire, je me déterminai plus que jamais à garder les deux petits Chinois. Mais la Providence en avait décidé autrement.

Ainsi que je vous l'ai dit, Haï-za était allée à la pagode de Feu-taa. Elle se prosterna devant la déesse, se frappa la poitrine et s'écria :

— O Feu-taa ! les ailes sont poussées, et mes enfants se sont envolés ! Fais que je les retrouve, que je les presse encore une fois sur mon cœur, et prends ensuite ma vie.

Après quelques moments de silence, la musique grave et douce se fit entendre comme la première fois, et la bouche invisible prononça ces paroles :

— Demain matin, un papillon viendra mourir sur la fleur bleue ; brûle ses ailes, mêle les cendres dans un verre d'eau, et quand le vent d'est soufflera, va à la place d'où tes enfants sont partis, et bois ce breuvage, en invoquant trois fois Feu-taa; bientôt tes larmes seront séchées.

Le lendemain matin, un papillon, semblable à celui qui avait pondu les œufs auxquels Bulbul et Goul-gou-li devaient la vie, vint mourir sur une fleur de la liane qui tapissait la fenêtre de Haï-za. La jeune mère brûla les ailes du papillon,

en mêla les cendres dans un verre d'eau, et attendit que le
vent d'est soufflât.

Trois jours après, le vent d'est soufflait. Hai-za alla vers
l'escarpolette, avala le breuvage à la mystérieuse vertu, en
invoquant trois fois le nom de la déesse, et quelques minutes
après, transformée en papillon comme Bulbul et Goul-gou-li,
elle s'élevait dans les airs et disparaissait, emportée par le vent.

Le lendemain de ce jour, tandis que les deux enfants
jouaient sur la pelouse, j'étais assise sur un banc de gazon,
avec le missionnaire, qui me faisait répéter, pour la
dixième fois au moins, l'incroyable histoire de ma rencontre
avec mes petits protégés.

Tout à coup je poussai un cri de surprise. Un papillon,
exactement pareil à ceux sous la forme desquels m'étaient
apparus les deux enfants, venait de s'abattre à mes pieds.

Je me baissai promptement et le saisis. Il resta sur ma main
sans même essayer de s'envoler. Soupçonnant un mystère
analogue à celui dont j'avais déjà été témoin, d'une main
tremblante d'émotion j'arrachai doucement ses ailes, et j'attendis avec angoisse le résultat de cette opération.

Au bout de quelques secondes, Haï-za était devant nous.
Avant de pouvoir parler, avant d'être revenue de sa surprise,
elle aperçut ses enfants qui accouraient, et bondit vers eux
comme une tigresse.

Le reste se devine, ajouta la princesse. Haï-za nous raconta
son étrange histoire. Nous la conduisîmes à Rotterdam, d'où
partent souvent des vaisseaux hollandais pour Canton. Une

52

gabarre allait justement mettre à la voile. Haï-za s'y embarqua, avec Bulbul et Goul-gou-li, et arriva heureusement en Chine, où Aout-chou faillit mourir de joie en embrassant sa femme et ses deux fils, qu'il croyait à jamais perdus.

Tous les ans, Haï-za m'écrit par quelque navire de commerce.

Bulbul est depuis longtemps mariée à un jeune mandarin qui fera, dit-on, une fortune rapide à la cour de l'empereur.

Enhardie par les conseils que je lui avais donnés pendant son séjour en France, Haï-za voulut que sa fille eût au moins la faculté de voir à l'avance l'époux qu'on lui destinait.

Aout-chou y consentit; Bulbul vit le jeune mandarin; elle le trouva beau, doux et aimable, autant que peut l'être un Chinois. Celui-ci la trouva également charmante, après qu'il eût levé son voile, et se garda bien de la renvoyer à son père.

Bulbul est très-heureuse et ne songe plus du tout à s'envoler.

Quant à Goul-gou-li, il lui est arrivé des aventures très-merveilleuses dont mon amie Haï-za n'a pas manqué de m'instruire, et que je vous conterai quelque jour.

Cette histoire chinoise fit une telle impression sur l'esprit de la marquise de La Croix, que la vieille dame eut son sommeil troublé par des rêves tout à fait baroques.

Tantôt elle voyait les magots de porcelaine et les Chinois de paravent descendre de la cheminée et des étagères, ou se détacher du papier peint, pour danser des sarabandes bizarres autour de son lit, l'index en l'air et la tête branlante, comme les Chinois d'opéra comique.

Tantôt il lui semblait qu'un cordonnier impitoyable employait, pour ramener ses pieds à la dimension voulue par la mode du Céleste-Empire, le moyen expéditif dont usait jadis Procuste à l'égard des voyageurs qui dépassaient la taille que ce célèbre égalitaire avait adoptée pour idéal.

La marquise avait, le lendemain matin, les yeux battus par la migraine; mais elle n'en supplia pas moins la princesse Ginebra de ne pas remettre à un autre jour les curieuses aventures de Goul-gou-li, dont elle leur avait promis la narration.

— Ah! marquise, s'écria Cazotte, laissez à madame la princesse le soin de distribuer comme elle l'entend les plaisirs qu'elle nous donne, et rappelez-vous que l'uniformité est la mère légitime de l'ennui. Nous reviendrons en Chine une autre fois, lorsqu'il plaira à notre excellente amie de nous y

ramener; quant à moi,' je ne serais pas fâché, je l'avoue, de
varier un peu mes voyages.

— Je puis vous satisfaire, sans mécontenter la marquise,
dit en souriant Ginebra; car les aventures de Goul-gou-li se
sont passées non en Chine, mais au Thibet.

— Peste! au Thibet, fit Cazotte, c'est un pays intéressant.

— Raison de plus, dit la marquise, pour nous raconter cela
aujourd'hui même, avant que l'intérêt, bien naturel, que
nous éprouvons pour votre papillon chinois ne se soit affaibli
ou éparpillé sur de nouveaux personnages.

— A ce soir donc! dit la dame aux papillons, qui, fidèle
à sa promesse, dès qu'on eut desservi le souper, s'empressa
de commencer son récit.

# LE

# TESCHOU-LAMA

## PRINCE, PRÊTRE ET DIEU.

Depuis plus d'un an, le *Teschou-Lama* s'était retiré de ce monde périssable.

Toute la partie du Thibet qui obéit aux lois du *maha-gourou* de Teschou-Loumbou, — maha-gourou est un des titres qu'on donne au Teschou-Lama, et signifie *grand-maître spirituel*, — était dans l'attente de sa résurrection.

Car, ainsi que le *Dalaï-Lama*, qui réside à Pou-Ta-La, et règne sur l'autre moitié du Thibet, le Teschou-Lama ne meurt jamais. Après s'être reposée quelques mois des fatigues de la terre, son âme s'incarne de nouveau dans le corps d'un enfant, et recommence une autre vie. Des signes particuliers font bientôt reconnaître l'enfant divin, et, quand son identité a été constatée par les *hou-touk-tous*, — principaux prêtres du pays, — à quelque famille qu'il appartienne, dans quelque rang infime qu'il soit né, il est aussitôt conduit en grande pompe

53

au monastère de Teschou-Loumbou et proclamé Teschou-Lama, sous le même nom et avec le même titre que son prédécesseur.

Donc le Thibet attendait avec impatience l'heure de la résurrection de son prince-Dieu, et tous les souverains voisins, sectateurs de la religion de *Fo*, le *Deb-Raja* du *Boutan*, les *Khans* des *Kalmouks*, et le *Khawkhan* ou empereur de la Chine lui-même, entretenaient à grands frais des ambassadeurs à Teschou-Loumbou, pour les représenter dans l'importante cérémonie de l'installation du petit pontife, et lui offrir les hommages et les présents de leurs maîtres.

Mais, ainsi que nous l'avons dit, depuis un an et plus que le Teschou-Lama s'était retiré, aucun enfant n'avait apporté encore les signes sacrés à sa naissance.

En vain les *Gylongs*, prêtres-moines, en vain les *Annies*, religieuses cloîtrées, faisaient retentir les monastères de leurs chants sacrés, de leurs prières, de leurs supplications, avec accompagnement de cymbales, de haut-bois, de trompettes, de gongs et de tambours; le maha-gourou s'obstinait à ne pas renaître, et les populations consternées commençaient à se livrer au désespoir, se disant que la fin du monde était prochaine, puisque, pour la première fois depuis six mille ans, le pontife éternel jugeait inutile de revenir sur la terre.

Cependant bien des cœurs palpitaient encore d'une sainte et orgueilleuse espérance; bien des jeunes femmes étudiaient avec anxiété les mystérieuses agitations de l'enfant qui remuait dans leur sein, se disant tout bas :

— Peut-être est-ce LUI que mes flancs recèlent.

Le matin du premier jour de la lune de mai, les Gylongs de Teschou-Loumbou sortirent de leurs cellules, et, suivant l'antique usage, descendirent sur les bords du *Painomtchieu,* belle rivière qui baigne de ses eaux limpides le pied du roc sur lequel est bâtie la ville sacrée.

Le soleil se levant dans toute sa pompe, redoublait l'éclat des dômes dorés et des nombreuses tours peintes de couleurs éclatantes qui ornent la capitale du Maha-Gourou.

Rangés sur deux files, les Gylongs suivaient lentement un petit sentier garni de broussailles qui conduit au bas de la montagne. Ils étaient au moins cinq cents, tous uniformément vêtus d'une robe de drap jaune et d'un grand manteau de couleur cramoisie.

Ces religieux tenaient leur bras gauche appuyé sur leur poitrine, et portaient dans la main droite un rosaire, dont ils faisaient passer les grains entre leurs doigts.

Ils étaient conduits par leur supérieur, vieillard octogénaire qui avait le titre de *lama.*

Ce moine portait un vase de fer, suspendu par une chaîne à un long bâton, et dans lequel brûlaient diverses sortes de bois aromatiques, qui produisaient beaucoup de fumée.

A la suite des prêtres marchaient deux hommes, dont l'un semblait évidemment le subalterne de l'autre, à en juger par son attitude humble et par la manière empressée dont il suivait les pas de son compagnon, tout en ayant soin de se tenir constamment à portée d'entendre ses communications ou de recevoir ses ordres.

Le premier avait une robe de satin jaune, doublée d'une fourrure noire et attachée autour du corps par une ceinture. Un manteau brun était jeté sur son corps et laissait son bras droit libre. Il portait un chapeau rond, couvert d'un vernis jaune qui brillait beaucoup au soleil. Ses bottes étaient de maroquin grenat teint en rouge. A sa ceinture pendait un couteau à gaîne, avec une grande bourse, dans laquelle étaient sa tasse à thé et divers petits meubles qui font toujours partie de l'équipement d'un Tartare. Indépendamment de cette grande bourse, il en avait une plus petite, où était contenu de l'argent, et une troisième, qui renfermait son tabac et sa pipe, ainsi qu'un sachet où il y avait une pierre à feu, avec de l'amadou, et qui était garni au-dessous d'une lame d'acier servant de briquet.

Cet homme était *Couschou-Erteni*, régent de Teschou-Loumbou et frère du lama défunt.

L'homme qui l'accompagnait était le *sadik*, ou premier ministre de l'ancien maha-gourou. Couschou-Erteni, en prenant la régence, avait maintenu *Soupoun-Choumbou* dans cette importante fonction.

Le régent marchait à pas lents; sa démarche et ses regards portaient l'empreinte d'un profond découragement. Le sadik, non moins attristé que son maître, répondait avec déférence aux rares paroles que lui adressait celui-ci.

Les Gylongs commençaient à se ranger en ligne sur le bord du fleuve, et déjà les instruments sacrés, dont les accords préludent à toutes les cérémonies religieuses, frappaient les échos de la montagne. Couschou-Erteni s'arrêta et se tourna vers le sadik.

— Soupoun-Choumbou, lui dit-il, cette cérémonie est mon dernier espoir. Lorsque les Gylongs auront fait l'ablution sacrée, en invoquant le Père du monde et invitant par trois fois le Teschou-Lama à revenir parmi nous, si le Teschou-Lama n'exauce point nos vœux, j'attends six lunes encore; après quoi, je me démets de la régence, et je m'enferme pour le reste de mes jours dans ce monastère; car mon âme est triste comme la mort.

— Prince, dit le sadik, mon âme est triste comme la vôtre, et je suivrai votre exemple, si mon doux maître ne renaît pas; mais espérons encore.

Cependant le mystère était commencé. Les Gylongs se baignèrent dans le fleuve; ensuite de quoi ils se prosternèrent trois fois sur la rive, en criant de toute la force de leurs poumons :

— Teschou-Lama, père spirituel, reviens parmi nous! Maha-Gourou, lumière de la vie, n'abandonne pas tes enfants!

Et les trompettes, les gongs et les cimballes accompagnaient ces cris.

Couschou-Erteni et Soupoun-Choumbou, appuyés sur une roche, assistaient de loin à cette pieuse cérémonie.

Tout à coup ils virent apparaître, sur le versant de la montagne qui s'élève de l'autre côté du fleuve, un homme à cheval qui descendait le sentier, avec une femme en croupe.

A la vue des religieux, le cavalier arrêta sa monture, mit pied à terre, enleva la femme dans ses bras et la fit asseoir à l'ombre d'un rocher, après avoir rabattu son voile, afin de ménager la susceptibilité des Gylongs, à qui la vue des femmes est interdite.

Puis il s'avança à pied vers un pont de bois jeté non loin de là sur le Païnomtchieu, afin de traverser la rivière et d'aborder les religieux.

— Voyons quel est cet homme, dit le régent au ministre. Son costume indique un étranger; à sa robe flottante, je crois reconnaître un Chinois.

Tous deux s'avancèrent vers le pont et y arrivèrent au moment où l'inconnu venait de le franchir. Sur un signe du régent, les religieux avaient repris la route du monastère.

— Qui es-tu? demanda Couschou-Erteni à l'étranger.

— Je suis Chinois, répondit celui-ci. *Goul-goù-li* est mon nom. Banni du Céleste-Empire, pour avoir attaché par inadvertance un liseré jaune à la veste rouge que mon rang me donnait droit de porter, je me suis réfugié à Lassa, où la colère du khawkhan m'a poursuivi encore. Forcé de quitter les Etats de Dalai-Lama, je viens demander, avec ma jeune épouse, un refuge au régent de Teschou-Loumbou.

— Le régent de Teschou-Loumbou est devant toi, dit le prince, et il vous dit à tous deux : « Soyez les bienvenus! » Va chercher ta jeune épouse et amène-la.

Goul-gou-li alla chercher sa jeune épouse, qui se nommait *Ti-pa-la*. Il rendit la liberté au cheval sauvage qui lui avait servi de monture, et il amena Ti-pa-la devant le régent de Teschou-Loumbou.

Ti-pa-la avait vingt ans environ; elle était remarquable par sa beauté. Son air modeste plut tout de suite à Couschou-Erteni, qui fit remarquer au sadik que cette jeune femme était assez convenable pour une Chinoise. Bien que le Thibet soit tributaire de la Chine, les habitants du Céleste-Empire n'y jouissent pas d'une grande considération.

— Jeune femme, dit le régent à Ti-pa-la, remercie le père des hommes; tes fatigues et tes malheurs sont finis.

— Que le ciel récompense votre générosité, noble prince, répondit Ti-pa-la. Votre souvenir sera béni par moi et par l'enfant que je porte dans mon sein, aussitôt que ses petites lèvres pourront bégayer le nom de Couschou-Erteni.

— Elle s'exprime vraiment fort bien, pour une Chinoise, fit encore observer le régent à son premier ministre.

Aux paroles de Ti-pa-la, Goul-gou-li avait fait un mouvement de surprise.

— Que viens-tu de dire, Ti-pa-la? s'écria-t-il. Quoi! tu es mère, et tu me l'avais caché!

— N'accuse pas ta servante, ô Goul-gou-li! dit Ti-pa-la; ce doux secret vient de se révéler à moi. N'as-tu pas entendu un cri que j'ai poussé au moment où nous arrivions au sommet de la montagne?

— Oui, répondit Goul-gou-li; j'ai cru que ce cri t'était arraché par les fatigues de notre fuite.

— Ce cri, dit la jeune femme, était à la fois de surprise

et de joie. À l'instant où les dômes dorés de Teschou-Loumbou avaient frappé mes regards, où les cris des religieux et
le son des instruments sacrés avaient éclatés à mon oreille,
mon enfant venait tout-à-coup de tressaillir en moi, et de
me révéler ainsi son existence.

— Dieu protége l'enfant de l'exil et de la proscription !
dit gravement Goul-gou-li en levant les yeux au ciel.

À cette révélation de la jeune femme, le régent et le sadik
échangèrent un rapide regard.

Au même moment, un beau papillon aux ailes bigarrées,
après avoir longtemps voltigé au-dessus de la tête de Ti-pa-la,
vint se poser sur ses cheveux noirs.

— Goul-gou-li! s'écria la jeune mère en portant ses deux
mains tremblantes sur ses flancs, voilà qu'il tressaille encore.

Le papillon prit son vol, tournoya dans les airs et disparut,
et l'enfant cessa de remuer. Couschou-Erteni et Soupoun-
Choumbou échangèrent encore un regard ; puis le régent
prit la parole, avec un air de déférence et de respect qui
étonna le jeune couple.

— Ti-pa-la, dit-il, et vous Goul-gou-li, veuillez me suivre.

Tous quatre s'acheminèrent vers Teschou-Loumbou, Goul-
gou-li et Ti-pa-la bénissant le père des hommes de ce qu'il
leur avait fait rencontrer un prince si généreux, Couschou-
Erteni et Soupoun-Choumbou échangeant à voix basse de
mystérieuses confidences.

Quand ils eurent atteint les premières maisons de la capitale, Couschou-Erteni et Soupoun-Choumbou se séparèrent,

et, sur l'ordre du régent, Goul-gou-li et Ti-pa-la suivirent le sadik.

Ils arrivèrent bientôt devant une maison de belle apparence; le ministre y entra, suivi des deux Chinois. Une jeune femme vint les recevoir dans la première chambre.

— Gyappa, lui dit le sadik, tes maris sont-ils à la maison?

— Je n'en ai que deux ici pour le moment, répondit la jeune femme; deux sont occupés à couper le froment, le cinquième est allé à Lassa échanger de la poudre d'or contre des marchandises chinoises.

— C'est bien, fit le premier ministre; le travail est le père de l'abondance. Voici deux étrangers que Couschou-Erteni vous envoie; qu'ils soient reçus par vous comme des amis

— La maison où s'arrête l'étranger est une maison bénie, dit Gyappa. Que nos hôtes soient les bien-venus sous notre toit; ils seront traités en frères.

Soupoun-Choumbou, après avoir encore recommandé les proscrits aux deux maris de Gyappa qui étaient accourus à la voix de leur épouse, alla rejoindre Couschou-Erteni.

Gyappa servit des rafraîchissements aux deux étrangers; après quoi, Ti-pa-la ayant témoigné le désir de prendre un peu de repos, la jeune thibétaine la conduisit dans la chambre d'honneur, qui, suivant l'usage du Thibet, était située au dernier étage de la maison. On y arrivait par une échelle.

— Ce jeune homme qui vous accompagne est-il votre frère ou votre mari? demanda Gyappa, qui brûlait de questionner la Chinoise.

Au Thibet, le beau sexe est assez enclin à la curiosité.

— C'est mon mari, répondit Ti-pa-la.

— Et les autres, qu'en avez-vous fait?

— Quels autres? fit la jeune étrangère.

— Vos autres maris.

— Mais je n'en ai pas d'autres que Goul-gou-li.

— Pauvre petite femme! s'écria la Thibétaine au comble de l'étonnement, vous n'avez qu'un seul mari! Comme vous devez vous ennuyer!

— Mais non, pas trop, dit Ti-pa-la. D'ailleurs, en Chine, toutes les dames n'en ont pas davantage.

— Fi! le vilain pays! exclama Gyappa. Je comprends que ces messieurs vous abîment les pieds pour vous empêcher de courir. Chez nous, c'est bien différent; nous avons des maris presque autant que nous en voulons. Pour ma part, j'en possède cinq, et encore ne suis-je pas la mieux partagée.

— Comment vous y prenez-vous pour épouser tant d'hommes à la fois? demanda Ti-pa-la?

— D'abord, répondit Gyappa, on commence par épouser l'aîné de la famille. C'est lui qui a le droit de prendre la femme qui lui convient; après quoi tous ses frères sont tenus d'accepter celle qu'il a choisie.

— Quoi! tous!

— Tous, sans exception.

— Quel que soit leur nombre?

— Quel que soit leur nombre. S'il y en a une douzaine,

eh bien, ma foi, tant mieux! Comme chacun travaille pour
la famille commune, la maison n'en est que plus riche.

— En effet, dit Ti-pa-la, c'est fort économique.

— Dam, fit observer la Thibétaine, le sol de ce pays est
si pauvre, que si chaque homme était obligé d'avoir une
famille pour lui tout seul, il mourrait bientôt à la peine.

L'observation de Gyappa était parfaitement juste. Cette
étrange coutume de la *polyandrie*, pratiquée dans tout le
Thibet, n'a pu être instituée que parce qu'on craignait qu'une
trop nombreuse population ne surchargeàt un sol infertile;
car les Thibétains ne connaissent pas la ressource d'aller
chercher fortune loin de chez eux.

Mais, quoique cette sorte de lien conjugal soit ordinairement le partage du peuple, on le trouve aussi dans les
familles les plus opulentes.

Du reste, les Thibétains oñt les plus grands égards pour
les femmes, qui jouissent d'une entière liberté, et sont aussi
jalouses de leurs droits d'épouse qu'un despote turc ou
indien peut l'être des belles esclaves qui peuplent son harem.

Goul-gou-li et Ti-pa-la furent donc installés dans la demeure de Gyappa et de ses cinq maris.

Goul-gou-li aidait les cinq frères dans leurs divers travaux, et Ti-pa-la assistait Gyappa dans les soins du ménage.
Mais le premier ministre, qui venait souvent visiter les
proscrits de la part du régent, recommandait, chaque fois,
à la jeune femme d'éviter soigneusement toute fatigue et
tout exercice incompatible avec son état de grossesse.

Outre ces délicates prévenances, Couschou-Erteni ne manquait pas d'envoyer, chaque semaine, à ses protégés, des
provisions, du linge et des présents de toutes sortes, qu'ils
partageaient avec Gyappa et ses cinq maris, pour reconnaître leur cordiale hospitalité.

Se voyant l'objet de tant d'attentions et d'une si touchante sollicitude, Goul-gou-li et Ti-pa-la bénissaient chaque
jour la Providence de ce qu'elle avait guidé leurs pas errants
chez un peuple si généreux.

Cependant, les jours succédaient aux jours, les semaines
suivaient les semaines, et la consternation croissait dans le
pays, car le Teschou-Lama ne renaissait point.

On redoublait de prières et de cris, de chants et de
musique dans les monastères de Gylongs et dans les couvents
d'Annies.

Les processions sillonnaient les routes; les ablutions sacrées
agitaient l'eau bleue des fleuves. On accourait de toutes les
parties du Thibet au tombeau du dernier lama, afin de
l'engager, par toutes les supplications imaginables, à revêtir
enfin une nouvelle enveloppe mortelle.

Rien de tout cela ne décidait le Maha-Gourou à renaître.

Au milieu de la désolation universelle, Couschou-Erteni
conservait seul son inaltérable sérénité, et continuait d'envoyer son premier ministre s'informer de la santé de la
chinoise.

Ce que voyant, les Gylongs et les Hou-touk-tous mur-
muraient tout bas que le régent était un ambitieux qui

ne demandait pas mieux que de voir le Teschou-Lama ajourner indéfiniment sa résurrection, afin de conserver le pouvoir.

D'aucuns, même, se hasardaient à insinuer que Couschou-Erteni était grandement capable d'avoir fait disparaître l'enfant sacré s'il avait eu, avant tous, la révélation de sa naissance.

Le régent méprisait ces outrageantes rumeurs, et, renfermé dans le palais de Teschou-Loumbou il envoyait plus fréquemment que jamais le sadick s'informer minutieusement de la santé de Ti-pa-la.

La grossesse de la jeune femme approchait de son terme. Depuis quelques jours, Goul-gou-li remarquait avec étonnement qu'un papillon aux ailes bigarrées, semblable à celui qui s'était abattu sur la tête de Ti-pa-la, le jour de leur première entrevue avec Couschou-Erteni, s'obstinait à ne pas quitter sa compagne, voltigeant autour d'elle quand elle se promenait dans les champs, et, le soir, se posant sur les fleurs grimpantes qui tapissaient la fenêtre de la chambre où elle dormait.

L'étonnante affection de ce papillon pour Ti-pa-la émerveillait beaucoup Gyappa et ses cinq maris.

On parla de cette particularité à Soupoun-Choumbou, qui commençait à venir tous les jours, et quelquefois même deux fois dans une journée, visiter les réfugiés chinois. Soupoun-Choumbou ne répondit rien; mais on remarqua qu'un éclair de joie avait subitement illuminé son visage.

56

La satisfaction brillait encore dans ses regards, quand il partit pour rejoindre le régent.

Goul-gou-li qui le reconduisait par déférence jusqu'aux portes du palais, s'entretint avec lui de l'obstination de ce papillon à ne pas quitter Ti-pa-la.

— Je devrais être moins étonné qu'un autre de cette merveille, dit-il au ministre, car les papillons ont joué un grand rôle dans ma vie; et, moi-même, j'ai été papillon pendant quelques jours.

— Vous? s'écria le ministre.

Goul-gou-li lui raconta l'histoire de son voyage en France avec sa sœur Bulbul, et la manière dont leur mère, Haï-za avait fini par retrouver ses deux enfants.

— Peut-être, dit-il, la déesse Feu-taa, à qui nous devons d'être venus au monde, étend-elle une protection particulière sur toute notre race, et envoie-t-elle quelqu'un de ses merveilleux papillons présider à la naissance de mon enfant.

— Goul-gou-li, dit Soupoun-Choumbou, je pense absolument comme vous. Il pourrait bien y avoir dans cette affaire quelque intervention miraculeuse de votre déesse Feu-taa, que, du reste, je n'ai pas l'honneur de connaître; car vos divinités chinoises ne m'inspirent que peu d'intérêt. Mais, n'importe! il ne faut rien négliger sur un pareil sujet, et, si vous voulez m'en croire, vous allez venir conter tout cela à monseigneur Couschou-Erteni, qui, en sa qualité de première autorité du pays, ne peut manquer de donner un excellent avis sur cette matière, comme sur toute autre.

— J'y consens, bien volontiers, répondit Goul-gou-li.

Soupoun-Choumbou introduisit le Chinois près du régent, auquel Goul-gou-li répéta son histoire.

Après ce récit du proscrit, Couschou-Erteni secoua long-temps la tête.

— Cette déesse Feu-taa, dit-il enfin, me paraît vous avoir protégé, vous et votre famille d'une façon toute pro-digieuse. J'avoue que je ne crois pas à la vertu des déesses ; je ne crois qu'au dieu Fo et à l'immortalité des Lamas, qui sont ses représentants sur la terre. Cependant, dans la crainte de me tromper, je ferai élever un autel à cette Feu-taa, et je fonderai une maison de Gylongs pour l'adorer conve-nablement. Il est possible que cela ne serve à rien ; mais du moins cela ne fera de tort à personne. Quant à vous, Goul-gou-li, veillez plus que jamais sur votre épouse ; ayez soin qu'on se conduise avec déférence à l'égard du papillon qui s'obstine à rester près d'elle, et, dès que votre enfant aura vu le jour, ne manquez pas de venir m'en informer.

Goul-gou-li s'inclina et quitta le régent, après lui avoir promis de suivre ses instructions.

Après le départ de Goul-gou-li, Couschou-Erteni et Soupoun-Choumbou restèrent plongés dans une assez grande perplexité.

— Que deviendrions-nous, s'écria le sadik, si les espérances que ce papillon nous a fait concevoir allaient être fausses. Si cet insecte est réellement envoyé par cette déesse Feu-taa, que le ciel confonde, et non par notre excellent dieu Fo, ainsi que vous vous plaisez à le croire, ce petit Chinois qui va naître

ne sera qu'un petit Chinois comme tant d'autres, et tout
espoir de voir revenir enfin le Teschou-Lama, sera perdu pour
nous.

— Soupoun-Choumbou, répondit le prince, ne parlons pas
en mal de cette déesse Feu-taa, sans la connaître. Il est
possible qu'elle s'associe aux intentions du dieu Fo, car les
choses du ciel sont fermées à l'entendement des hommes.
Quant à ce papillon, il est bien semblable à celui qui apportait
au Teschou-Lama, mon auguste frère, les ordres de la divinité
supérieure, et je ne puis croire qu'il s'installe ainsi sans
dessein aux côtés de cette jeune femme. Rappelle-toi en
outre le moment où Ti-pa-la a senti pour la première fois
son enfant tressaillir dans son sein. Ce fut à la vue de ces
murailles sacrées, et lorsque les cris des prêtres qui appelaient par trois fois le Teschou-Lama, vinrent frapper son
oreille. J'ai réfléchi nuit et jour sur toutes ces choses. Dans
ma conviction, le tressaillement de l'enfant était une réponse
à la voix des prêtres qui l'appelaient, et un mouvement de
joie en reconnaissant ces murailles sacrées qu'il avait habitées
de temps immémorial dans ses existences antérieures.

— Comment aurait-il pu les reconnaître, objecta le premier
ministre, puisqu'il ne les voyait pas?

— Homme de peu de foi, s'écria le régent, ne les voyait-il
pas par les yeux de sa mère?

— C'est juste, dit le sadik; je n'avais pas songé à cette
circonstance.

En ce moment, un beau papillon aux ailes diaprées entra

dans la chambre où le régent de Teschou-Loumbou conversait avec son premier ministre. Il voltigea pendant quelque temps autour de la tête de Couschou-Erteni; puis il franchit la fenêtre et disparut.

— C'est étrange, dit Soupoun-Choumbou. Ce papillon ressemble extraordinairemeut à celui qui s'est fait le compagnon inséparable de Ti-pa-la.

— Fort bien, dit le régent, attendons! Mais retiens ceci, Soupoun-Choumbou; je veux être un âne, dans cette vie comme dans l'autre, si ce papillon n'est pas venu nous annoncer l'heureux accouchement de la jeune chinoise.

Le sadik ne répondit rien et ils demeurèrent quelque temps silencieux.

Tout-à-coup Goul-gou-li franchit la porte, en culbutant quelques domestiques qui voulaient s'opposer à son passage.

— Prince, prince, s'écria-t-il, Ti-pa-la vient de mettre au monde un fils.

Couschou-Erteni jeta un regard de triomphe sur son premier ministre.

— Ce n'est pas tout, continua Goul-gou-li; aussitôt que l'enfant fut né, le papillon vint se poser sur sa tête, puis il agita les ailes pendant quelques secondes, après quoi, il prit son essor et disparut.

Couschou-Erteni jeta un second regard sur son ministre.

— Ce n'est pas tout encore, ajouta Goul-gou-li; si ce papillon s'est envolé, c'est que l'enfant lui en avait donné l'ordre.

57

— L'enfant! s'écria Soupoun-Choumbou.

— Silence! dit le régent.

— De sa petite main, poursuivit Goul-gou-li, il lui a montré la fenêtre, et ses lèvres, grand prince, ont bégayé votre nom. Ce que voyant et entendant, Gyappa et quatre de ses maris qui étaient présents sont tombés à la renverse.

— Du reste, ajouta Goul-gou-li, la mère et l'enfant se portent bien.

— Partons! s'écria le régent; allons visiter ce jeune homme.

Il se leva de son siége et, se dirigea vers la demeure de l'accouchée, suivi de Soupoun-Choumbou et de Goul-gou-li.

Quand ils entrèrent dans la chambre de Ti-pa-la, ils trouvèrent le merveilleux enfant occupé à boire à la coupe que la nature indique à tous les nouveau-nés des hommes.

A la vue des trois personnages, l'enfant, sans quitter le sein de sa mère, fit, de sa petite main, un signe qui les invitait évidemment à ne pas le déranger dans cette importante occupation.

Le papillon sacré avait repris sa place au chevet du lit; mais quand Couschou-Erteni parut, il se hâta de se poser sur la tête du petit bonhomme.

Lorsque le fils de Ti-pa-la fut suffisamment désaltéré, il se tourna vers le régent, et lui sourit d'une façon toute particulière, puis il leva en l'air trois des petits doigts de sa main droite.

Voyant cela, Couschou-Erteni se prosterna, en s'écriant :

— Vos ordres seront fidèlement exécutés, ô pontife éternel !

Puis il se leva, et dit à Goul-gou-li et à Ti-pa-la, qui contemplaient cette scène avec la plus profonde stupéfaction :

— Jeunes Chinois, prosternez-vous devant le père des hommes, qui vous a choisis pour donner le jour au Teschou-Lama. Béni soit le père qui l'a engendré! bénis soient les flancs qui l'ont porté!

Goul-gou-li, émerveillé, se prosterna, d'après les conseils du régent ; mais Ti-pa-la s'excusa sur son extrême faiblesse, promettant, du reste, de ne pas manquer à ce devoir sacré dès que ses forces seraient revenues.

— Soupoun-Choumbou, dit le prince-régent, dont les yeux rayonnaient de joie, qu'on prévienne les Hou-touk-tous et les Gylongs, afin qu'ils s'empressent de venir reconnaître leur maître et seigneur, et que, d'une extrémité à l'autre du Thibet, toutes les cloches sonnent, toutes les cymbales s'agitent, toutes les trompettes retentissent, tous les gongs mugissent en signe de réjouissance.

Le sadik sortit pour exécuter ces ordres. Gyappa et ses cinq maris, justement glorieux de ce que le Teschou-Lama avait choisi leur maison pour renaître, se dispersèrent dans les rues de Teschou-Loumbou, pour annoncer au peuple la bonne nouvelle.

— Seigneur, demanda Goul-gou-li à Couschou-Erteni, quels sont donc les ordres que vous a donnés mon divin fils, et que vous avez juré d'exécuter fidèlement?

— N'avez-vous pas vu, répondit le régent, qu'il a levé trois doigts de la main droite?

— Je l'ai vu, dit Goul-gou-li.

— Ces trois doigts, reprit le régent, signifient qu'au bout de trois ans le Teschou-Lama veut être proclamé majeur, et publiquement assis sur son trône que nous appelons *musnud* dans la langue du pays.

— Majeur à trois ans! Quel prince précoce! s'écria Goul-gou-li.

Bientôt, une grande rumeur se fit entendre. C'étaient les Hou-touk-tous et les Gylongs qui accouraient pour reconnaître l'enfant divin. Ils étaient suivis d'un grand concours de peuple.

On fit entrer dans la chambre six des plus vieux Hou-touk-tous, admis à baiser la main du petit prince, qui la leur tendit avec une gravité remarquable dans un âge si peu avancé. Puis, Couschou-Erteni prit l'enfant, et, se plaçant à la fenêtre, le montra aux prêtres et à la multitude assemblés devant la maison.

Comme une grande quantité de Thibétains se plaignaient de ne pas le voir suffisamment, le jeune pontife s'échappa des mains du régent, et, s'enlevant dans les airs au moyen d'ailes de papillon qui lui étaient tout-à-coup poussées pour cet usage, fit par trois fois le tour de la place, aux acclamations des fidèles, qui s'étaient jetés la face contre terre, en criant :

— Gloire au Teschou-Lama! Béni soit le père des hommes ! le Maha-Gourou est revenu !

— Dans trois ans, jour pour jour, cria le régent à la foule, le Teschou-Lama sera élevé sur le musnud. Allez, peuple, et bénissez Dieu !

La multitude se dispersa, en répétant mille fois et plus :

— Gloire au Teschou-Lama ! Béni soit le père des hommes !

Goul-gou-li fut immédiatement attaché à la cour du régent, qui voulut partager le fardeau du pouvoir avec le père du Teschou-Lama jusqu'au moment où celui-ci aurait atteint sa majorité.

Ti-pa-la fut conduite en grande pompe, avec le jeune dieu, dans un monastère d'Annies, où elle resta trois ans, servie comme une princesse par les religieuses, dont la supérieure était spécialement chargée de tenir le parasol au-dessus de sa tête, quand elle se promenait au soleil avec son précieux enfant.

Le papillon sacré n'avait pas quitté le petit Teschou-Lama, qui, dans ses jeux, s'amusait souvent à étaler au soleil les ailes que le père des hommes lui avait données à lui-même le jour de sa naissance, pour planer sur la tête de ses sujets.

Dans ces moments, où le jeune prince déployait tous ses charmes enfantins, il semblait à Ti-pa-la, en adoration devant son fils, que son âme prenait aussi des ailes, pour aller porter devant le trône de Dieu les actions de grâce de son bonheur maternel.

Le jour où les trois années expirèrent fut un jour de grande allégresse pour le Thibet.

Toutes les montagnes se couronnèrent de feux; tous les Gylongs sortirent des couvents; tous les Hou-touk-tous revêtirent leurs plus belles robes de satin ; toute la population accourut devant le monastère d'Annies, d'où le Teschou-Lama allait sortir pour prendre enfin possession du pouvoir.

Au son des cloches et des gongs, des flûtes et des tambours, des trompettes et des cymbales, apparut enfin le cortége sacré, ayant à-sa tête le régent et Goul-gou-li, entourés des ambassadeurs du deb-raja du Boutan, du dalai-lama de Lassa, des Khans des Kalmoucks et du Khawkhan de la Chine.

Entre Goul-gou-li et Couschou-Erteni s'avançait le jeune pontife, porté sur le musnud par douze Gylongs vêtus de blanc. Ti-pa-la suivait son fils dans une litière fermée.

A chaque halte du cortége, le jeune Teschou-Lama bénissait la foule, qui se prosternait devant lui.

Enfin, on arriva à Teschou-Loumbou, où le prince-Dieu fut solennellement installé dans son palais.

A partir de ce jour, il prit les rênes du gouvernement, et, malgré son jeune âge, il gouverna avec la plus grande prudence.

Le Teschou-Lama, fils de Goul-gou-li, règne encore à Teschou-Loumbou. Il fut victorieux dans plusieurs guerres, et ses sujets bénissent son nom.

Gloire aux princes qui se font aimer !

L'histoire du Teschou-Lama donna lieu à de nombreux commentaires qui prolongèrent la veillée fort avant dans la nuit.

La marquise de La Croix surtout était vivement préoccupée de cette coutume de la polyandrie qui distingue si originalement le peuple thibétain entre toutes les nations du globe. En parlant de ces mœurs singulières, elle poussa même plusieurs soupirs; n'eût été le grand âge de la bonne dame, âge qui la mettait complétement au-dessus ou au-dessous, comme on voudra, de ce genre de faiblesse, on eût pu croire que la marquise regrettait un peu de ne pas être née dans un pays où les dames sont si bien partagées.

— Ce n'est pas tout, fit Cazotte; madame la princesse a omis un détail presque aussi curieux que cette pluralité de maris.

— Lequel, dirent les deux dames?

— C'est, reprit le savant poëte, qu'au Thibet l'état de mariage est regardé comme infiniment inférieur au célibat. Aussi les grands ne se marient-ils presque jamais, et ont-ils l'habitude de s'enrégimenter de bonne heure dans les ordres religieux. La plupart des dignitaires du Thibet sont prêtres et observent le vœu de chasteté. Ils laissent au menu peuple le soin fastidieux, et tant soit peu avilissant à leurs yeux, de reproduire l'espèce. Puis, comme les Gylongs sont exclusivement chargés de l'éducation de la jeunesse, les lamas choisissent parmi les enfants l'élite des intelligences, les reçoivent dans les corporations sacrées, et les élèvent, selon leur mérite, aux diverses fonctions de l'État. De cette façon chaque génération possède une noblesse de choix, qui ne peut pas léguer aux générations suivantes des chefs imbéciles ou de féroces tyrans.

— C'est très-bien vu, dit la princesse.

— Moins le célibat, objecta la marquise; car enfin il me semble cruel de priver ces pauvres gens des douceurs de l'amour, sous prétexte qu'ils sont supérieurs aux autres.

— Oh! fit Cazotte, au Thibet on ne tient pas à ces choses-là.

Après une foule de réflexions plus ou moins judicieuses, les trois amis se séparèrent. La marquise pria Ginebra de chercher pour le lendemain un récit palpitant d'intérêt.

Mais le lendemain, la princesse, atteinte d'une fièvre violente, fut obligée de garder le lit. Cette maladie, purement accidentelle, dura quelques jours pendant lesquels Cazotte ménagea à ses deux amies une surprise tout à fait imprévue, comme on le verra dans la seconde partie de ce véridique ouvrage.

# TABLE DES MATIÈRES

CONTENUES DANS CE VOLUME

# PLACEMENT DES GRAVURES

## CONTENUES DANS CE VOLUME

————— ⋙✦⋘ —————

————— —— —— — ———— —— — ———————

1852. — DE SOYE, IMPRIMEUR. RUE DE SEINE, 36. — PARIS,

www.ingramcontent.com/pod-product-compliance
Lightning Source LLC
Chambersburg PA
CBHW061437030726
47503CB00005B/1445